www.tredition.de

© 2014 Yann Lagunec
  2. Auflage
Umschlagsbild: Pointe de Trévignon

Verlag: tredition GmbH, Hamburg

ISBN: 978 – 3 – 8495 – 8186 – 2

Printed in Germany

für Maja

 tredition®

www.tredition.de

Yann Lagunec (Pseudonym), geb. 1948, lebt in Nordrhein-Westfalen und verbringt seit über 35 Jahren seine Ferien in der Bretagne.

Nachdem er zuerst die Nordküste, danach die wilden Kaps im Westen, dann die Südküste erkundete, besuchte er anschließend die vorgelagerten Inseln im Golf von Biskaya. Auf seinen Reisen zu Land und zu Wasser lernte er Land und Leute im Nordwesten Frankreichs kennen und lieben, so dass er die Bretagne heute als seine zweite Heimat betrachtet.

Kenavo

Wiedersehen in der Bretagne

Yann Lagunec

Die Zukunft beunruhigt,
und die Vergangenheit hält uns fest,
deshalb entgeht uns die Gegenwart.

Gustave Flaubert

(1821– 1880)

Nasskaltes Köln

An einem nasskalten Januarmorgen des Jahres 2000 verließ Birgit Baumann die Geschäftsstelle des Kölner Stadtanzeigers. Aus ihrer Umhängetasche ragten die Enden der Frankfurter Allgemeinen Zeitung und der französischen *Le Monde*. Sie hatte den Mantelkragen hochgeschlagen und eilte Richtung Parkplatz. Schnee und Kälte waren im Winter in den letzten Jahren im Rheinland selten. Es war das Wetter, vor dem man nur ins Warme und Trockene flüchten konnte. Noch im Büro hatte sie interessiert die Artikel über das Schiffsunglück der Erika in der Nähe der bretonischen Küste gelesen. Viele Fragen wurden darin gestellt. Warum ist es passiert? Wer war schuld? Was bedeutet die Verschmutzung für die Natur der betroffenen Region? Wie sehr leiden Tourismus und Fischfang unter der Katastrophe? Wer kommt für die Kosten auf?

Von Profitstreben mit verantwortungslosen Geschäftspraktiken war die Rede, von maroden Schiffen unter der Flagge von Billigländern, vom Verursacherprinzip und von Präventionsmaßnahmen. Das waren Fragen, die Birgit beschäftigten und bislang unbeantwortet waren. Die Zeitungen wollte sie deshalb zu Hause lesen.

Als vor drei Jahren Nicole Fabre ihr halbjähriges Praktikum beim Stadtanzeiger absolvierte, hatte sie die Praktikantin im Zimmer ihres Sohnes Lars untergebracht. Lars studierte seit zwei Jahren in München und kam nur kurz während der Semesterferien nach Hause.

Birgit und ihr Mann Uwe hatten sich damals mit der netten Praktikantin angefreundet. Dadurch lernten sie anhand von Fotos Nicoles bretonische Heimat kennen. Am Ende des Praktikums hatte sie zwar Nicole versprochen, sie in der Bretagne wiederzusehen, jedoch hatten sie und ihr Mann nicht die Gelegenheit dazu gefunden. Erst die Bedrohung der reizvollen Küste durch die Schiffskatastrophe am 12. Dezember 1999 weckte in Birgit Baumann das Mitleid mit den Küstenbewohnern. Und sie erinnerte sich an das Versprechen, das sie ihrer Praktikantin gab.

Bisher hatten Birgit und Uwe Baumann ihren Urlaub in den Alpen verbracht. Seitdem sie verheiratet waren, besuchten sie den gleichen Ort und lebten in der gleichen Pension. Die Berge und die Menschen, die sie dort kennen lernten, waren den beiden so vertraut, dass sie schon von einer zweiten Heimat sprachen. Obwohl sich viele Dinge wiederholten und damit Sicherheit und Vertrautheit schufen, konnten sie in ihren Ferien dort immer Neues entdecken. Die Bergwelt war so erlebnisreich, dass sie immer wieder mit neuen Eindrücken heimkehrten. Nach all den Jahren kamen sie sich durch den engen Kontakt zu den Menschen am Urlaubsort nicht mehr wie Touristen vor. Sie konnten in ihr Urlaubsziel „eintauchen", denn sie wurden zu Lokalereignissen eingeladen, besuchten lieb gewonnene Bekannte und erlebten Dinge, die dem Pauschalreisenden verborgen blieben. Eigentlich gab es keinen Grund für sie, das Reiseziel zu wechseln. Uwe hatte sogar davon gesprochen, dass es schön wäre, sich dort ein Ferienhaus oder zumindest eine Ferienwohnung zuzulegen. Da beide berufstätig waren, fanden sie im Alltag nicht die gewünschte Zeit füreinander. Die Außenzwänge ließen ihnen wenig Raum, ihre gemeinsamen Interessen auszuleben.

Seit ihr Sohn das Haus verlassen hatte, bemühten sie sich, nicht von Alltagsroutinen überrollt zu werden und sich voneinander zu entfremden. Deshalb waren gerade die Ferien eine wertvolle Zeit für beide, ungezwungen und selbstgesteuert miteinander umzugehen.

Alle ihre gemeinsamen Pläne wurden jäh durch das Ereignis vor fünf Jahren zunichte gemacht. Bei einem Skiunfall in den Bergen Österreichs auf einer Gletschertour, die Uwe Baumann mit Freunden unternahm, kam er auf tragische Weise ums Leben. Seine Leiche wurde trotz umfangreicher Suchaktionen bis heute nicht gefunden. Es war ein Schicksalsschlag, den Birgit nie ganz bewältigt hat.

Seit dieser Zeit mit der gebliebenen Ungewissheit hatte sich Birgit in die Arbeit gestürzt. Sie meinte, dass ihr die journalistische Tätigkeit Abwechslung böte, und eine psycho-therapeutische Behandlung, in der sie sich begeben hatte, unterstützen würde. Trotz des schmerzlichen Verlustes hatte sie sich bemüht, so rasch wie möglich in ein halbwegs normales Leben zurückzufinden.

Als Birgit sich mit ihrem Wagen an jenem nasskalten Januartag auf dem Heimweg von der Redaktion befand, dachte sie für einen Augenblick daran, dass sie jahrelang trotz ihrer Höhenangst eigentlich ihrem Mann zu Liebe in die Bergwelt Österreichs gefahren war. Ihren Urlaub am Meer zu verbringen, war ihr heimlicher Wunsch zu Lebzeiten ihres Mannes. Sie träumte davon, vom Ufer die Boote zu sehen, wie sie mit ihren schlanken Rümpfen das Wasser durchschnitten. Sie wollte einmal den geblähten Segeln nachschauen, oder bewundernd die Manöver der ein- und auslaufenden Segelboote beobachten. Sie reizte die Atmosphäre der Yachthäfen und Bootsstege mit dem Wald von Masten, Staken und Wanten, dem typischen Klingklang der Fallen, die der Wind gegen den Mast schlägt.

In ihrer Freizeit hatte sie immer viel Sport betrieben. Obwohl Birgit mit fünfzig Jahren schon nicht mehr zu den Jüngsten zählte, hatte sie sich ihre sportliche Figur erhalten. Sie war mittelgroß, hatte halblanges hellbraunes Haar, das sie oft zu einem Pferdeschwanz zusammen band, und jeder hätte sie für zehn Jahre jünger gehalten, als sie tatsächlich war. Die lässige Kleidung, sie trug gerne Jeans mit Sweatshirt, betonte ihr jugendliches Äußeres. Am Meer könnte sie joggen und schwimmen. Sie wollte ihre Freizeit anders gestalten und vielleicht endlich einen Surfkursus belegen, denn diesen Wunsch hatte sie bisher zurückgestellt, weil sie ihren Mann nicht dazu gewinnen konnte.

Durch die beruflich bedingte Beschäftigung mit dem Schiffsunglück vor der bretonischen Küste in Verbindung mit den Eindrücken, die ihr Nicole Fabre von ihrer Heimat vermittelte, wuchs für Birgit das Interesse an der armorikanischen Halbinsel im Westen Frankreichs.

Die anderen Themen der Redaktionssitzung am Ende ihres Arbeitstages sprachen sie nur wenig an. Während ihre Kolleginnen und Kollegen sich um die Gestaltung der Zeitung bemühten, versuchte Birgit, ihr berufliches Interesse mit ihren privaten Vorstellungen von einem erholsamen Urlaub in Einklang zu bringen; sie dachte über einen Sommerurlaub in der Bretagne nach.

Birgit Baumann gehörte nicht zu den Sonnenanbetern, deren Urlaubserfolg am sonnen-gebräunten Teint ihrer Haut gemessen wurde. Sie mochte keine Pauschalreisen, die mit Freizeitanimationen den Urlaubsgast umgeben, um ihm ein paradiesisches Ambiente zu schaffen, in dem er einfach nicht weiter aktiv werden musste als an den ‚Bespaßungen von Animateuren' – wie ihr Mann es einmal nannte – teilzunehmen. Im Urlaub wollte sie selbsttätig auf Entdeckertour gehen; sie mochte nicht das Fremde programmmäßig konsumieren. Sie wollte Landschaften und Menschen erobern und war bereit, darin Zeit und körperliche Anstrengung zu investieren. Kurz gesagt, sie verabscheute in ihrer Freizeit Fremdsteuerungen.

Der zunehmende Berufsverkehr und der stärker werdende Schneeregen lenkte sie von ihren Gedanken ab. Sie wollte noch ein paar Besorgungen machen, bevor sie nach Hause kam. Sie blickte auf die Uhr im Display des Armaturenbretts: es war 17:10 Uhr.

Zu Hause räumte sie den Einkauf in die Küche und beschloss, ein heißes Bad zu nehmen, bevor sie mit der Vorbereitung des Abendessens begann.

Birgit ging ins Arbeitszimmer und schaute ins Internet. Die zahlreichen Angebote für Ferienhäuser klickte sie rasch weg. Sie wollte über Lage, Geologie, Natur, Klima, Tourismus, Sehenswürdigkeiten, bretonische Festivals, Geschichte, Bevölkerung, Sprache und Kultur informiert werden. Nach einigen Klicks landete sie auf der gesuchten Seite.

La Bretagne

Die Bretagne ist der äußerste Westen Frankreichs und die größte Halbinsel des Landes.

Drei Seiten dieser Region sind von Meer umgeben: im Norden der Ärmelkanal, im Süden die Biskaya, und im Westen brandet der Atlantik gegen das uralte Gestein und zerklüftet den Fels so, dass eine ungefähr 2800 km lange Küste entsteht. Die vom atlantischen Golfstrom umflossene Bretagne ist klimabegünstigt.

Abwechslungsreich wie das Wetter ist ihre Natur.

Armorica nannten die Römer das Land am Meer. Die Gallier widersetzten sich dem damaligen Eroberer wehrhaft, neben Vercingetorix auch Asterix und Obelix. Die Geschichte der Bretagne reicht weit zurück und unterlag vielen verschiedenen Einflüssen, deren Spuren sich bis in die Gegenwart bemerkbar machen. Megalithen und Dolmen zeugen von prähistorischer Besiedlung, die bretonische Sprache und Musik unterlagen keltischen Einflüssen. Der Name Bretagne bedeutet „Klein Britannien" und zeigt den Einfluss, den die damaligen Völker der Inseln im Norden auf die bretonische Halbinsel hatten. Zahlreiche Mythen und Legenden um die Artussage, um Lancelot und Merlin sind im Wald von Brocéliande genauso zu finden wie auf den Inseln Großbritanniens. Die Festungen und wehrhaften Städte zwischen St. Malo und der Loiremündung haben ihren Ursprung in den Streitereien der Fürstentümer im Mittelalter.

Im vorigen Jahrhundert hat das Interesse an den Atlantikhäfen dazu geführt, dass die deutschen Besatzer ihre Marken in Form von Betonanlagen hinterlassen haben, die bis heute nicht beseitigt werden konnten.

Informativ und sachlich, dachte Birgit. Sie verfolgte einige Links, um mehr über die touristischen Aspekte zu erfahren. Fischerei und Tourismus sind wesentliche Wirtschaftszweige für die Bretagne, hieß es dort.

Wer heute in diese Region reist, findet eine Vielzahl von Eigentümlichkeiten. Die keltische Sprache wird heute noch teilweise gesprochen und in Schulen gelehrt. Die keltischen Länder Westeuropas kommen einmal im Jahr Anfang August in Lorient beim Festival Interceltique zusammen und beleben ihre geschichtliche Herkunft. Die Eigenheiten der Bretagne und die Renaissance der Traditionen sind spürbar und machen den Reiz dieser Region aus, die im Rhythmus der Gezeiten ihren Besuchern eine ständig wechselnde Kulisse und immer neue Eindrücke bietet. Es gibt sogar Besucher, die behaupten, es müsse eine "Gebrauchsanweisung" für diese Region Frankreichs geben. Sie biedert sich nicht ihren Besuchern an. Sie will erobert werden. Vielleicht liegt darin die Ursache, dass der Massentourismus sie bisher mehr verschont hat als die Mittelmeerregion Frankreichs.

Bislang war der Nordwesten Frankreichs für sie von geringem Interesse gewesen, zumal sie aufgrund mangelnder Sprachkenntnisse – sie hatte vier Jahre Französischunterricht während ihrer Schulzeit, die ungefähr vierzig Jahre zurück lag – nie die Absicht hatte, ausgerechnet alleine dorthin zu reisen. Trotz ihres sprachlichen Handicaps konnte Birgit an diesem Abend nicht leugnen, dass so etwas wie Neugier, ja vielleicht Abenteuer, für diese ihr unbekannte Gegend aufkam.

Je mehr sich Birgit mit der Bretagne beschäftigte, desto intensiver übte die offensichtlich vielseitige und eigentümliche Region im Westen des europäischen Kontinents einen Reiz auf sie aus, den sie nicht erwartet hatte. Es waren nicht nur die Reiseführer mit ihren bunten Bildern, mit denen sie sich beschäftigte. Sie las Romane und besorgte sich Dokumentarfilme, um sich mental auf das Bretonische einzustellen. Nicole hatte ihnen vor einigen Jahren ihre Heimat mit Begeisterung beschrieben.

Die nasskalte Jahreszeit ließ zusätzliche Urlaubssehnsucht aufkommen. Bei Birgit trugen die Ereignisse der vergangenen Jahre dazu bei, dass sie sich ausgelaugt fühlte, und ein völlig neues Urlaubsziel sie aus dem physischen und psychischen Tal herausführen könnte, an dem sie keine Erinnerungen an die gemeinsame Zeit mit ihrem Mann hatte.

Das Thema „ERIKA" war immer noch Redaktionsgespräch. Für Birgit Baumann gab es allmählich neben dem beruflichen einen sehr viel stärkeren privaten Anreiz. Für sie entwickelte sich der Wunsch, die Bretagne kennen zu lernen. Sie wollte unbedingt ihren nächsten Urlaub dort verbringen.

Zufällig unterhielt sie sich in der Mittagspause mit einer Kollegin darüber.

„Ich war im Sommer vor zwei Jahren in einem idyllischen Hafenort an der Südküste der Bretagne", schwärmte sie.

„Die Postkarten und Bilder in den Prospekten lügen nicht. Die kleinen Hafenorte und die Küstenregion erinnern mich an die Pilcher-Filme im Fernsehen. Und dann die Küche! Da soll einer sagen, Frankreich sei übertrieben teuer. Für die angebotenen Meeresfrüchte würde ich in Köln das Doppelte zahlen." Die Stimme der Kollegin überschlug sich fast vor Begeisterung.

Natürlich wollte Birgit Genaueres wissen. Die Begeisterung der Kollegin steckte an. Mit der Adresse einer Ferienwohnung in *Doelan*, einem idyllisch gelegenen Naturhafen an der bretonischen Südküste, kehrte Birgit am nächsten Tag nach Hause zurück.

Gewiss, sie und ihr Mann wären nach 24 Jahren Ehe ein ‚eingespieltes Team' gewesen. Jetzt musste sie ihren Alltag und alles, was mit ihm zusammenhing, alleine regeln. Obwohl sie bereits fünfzig Jahre alt war, fand sie sich mit ihrer neuen Situation zurecht. Beruflich und privat stand sie mit beiden Beinen mitten im Leben.

Sie hatte bisher nicht daran gedacht, sich durch einen neuen Lebenspartner zu binden. Ihr Beruf, den sie sehr mochte, nahm einen großen Raum ihres Lebens ein und beschäftigte sie auch noch dann, wenn sie die Redaktion bereits verlassen hatte. Ihr Freundeskreis war so groß, dass sie auch in der Freizeit Unterhaltung und Abwechselung fand. Dennoch verschwendete sie keinen Gedanken daran, jemanden auf ihre Entdeckungsreise in den Westen Europas mitzunehmen.

Sie besorgte sich Prospekte über das konkrete Reiseziel aus einem Reisebüro. Die mitgebrachte Adresse veranlasste sie auch, die genaue Lage des kleinen Hafenortes im Internet zu suchen.

„Doelan liegt im Département *Finistère*, an der Grenze zum *Département Morbihan*", stellte Birgit fest. „Größere Städte in der Umgebung sind *Concarneau*, *Quimperlé* und *Lorient*."

Das Internet lieferte einige Bilder, die recht motivierend waren. Der kleine Hafenort diente bereits als Filmkulisse. Ungefähr tausend Kilometer waren es von Köln bis *Doelan*, hauptsächlich Autobahn. Als gute Autofahrerin stellte die Entfernung für sie kein Problem dar.

Angeregt durch so viele positive Äußerungen und Erkundigungen folgten der Schriftwechsel mit den Eigentümern der Ferienwohnung und die Buchung. Nachdem sich Birgit um ihre Fahrt und das Reiseprogramm gekümmert hatte, setzte sie sich am Feierabend bei einem Glas Rotwein in Trainingsanzug und Wollsocken in eine Ecke ihrer Couch und ordnete alle Unterlagen, Prospekte, Bilder und Aufzeichnungen ihrer geplanten

Reise. Sie hatte auch Kerzen angezündet, denn das Schmuddelwetter draußen passte nicht so recht zu der Urlaubsstimmung,
die sich bei ihr allmählich einstellte. Sie wollte den Vorge-
schmack auf ihren Urlaub in angepasster Umgebung zelebrieren.

Bei der Lektüre erinnerte sie sich nebenbei daran, dass Uwes
Vater Felix während des Krieges als U-Boot Fahrer in *Lorient*
stationiert war. Da gab es Fotos und ein paar Briefe, die sie aus
irgendeiner Schachtel hervorkramte. *Keroman* und *Kernevel*,
Moulin de Rosmadec und die Namen ihr unbekannter Kameraden las sie auf den Rückseiten einiger zum Teil vergilbter Foto-
grafien. Noch kam ihr die fotografierte Gegend und auch die
Personen fremd vor. Vielleicht könnte man die Orte aufsuchen,
die sie in der Hinterlassenschaft ihres Schwiegervaters auf Fotos betrachtete. Auf jeden Fall wollte sie einige dieser Erinne-
rungsstücke im Reisegepäck verstauen.

Sommerferien in der Bretagne

Birgit Baumann betrachtete den Kalender und sehnte die Ferien herbei. Für drei Wochen hatte sie gebucht. Anreise und Abreise fanden, wie üblich, samstags statt.

Kurz vor ihrer Abreise stattete sie ihrer Schwiegermutter im Altenheim einen Besuch ab und unterrichtete sie von ihrer geplanten dreiwöchigen Abwesenheit. Sie wusste, dass sich die alte Dame im Seniorenheim wohl fühlte, und sie drei Wochen lang leicht auf ihren Besuch verzichten konnte. Ansonsten brauchte sie sich nicht weiter um familiäre Dinge kümmern, da ihre Mutter und ihr Vater bereits verstorben waren, und ihr Sohn seinen Studien in München nachging.

Um vier Uhr verließ Birgit in der Morgendämmerung Köln und fuhr über Aachen durch Belgien nach Frankreich. Sie wollte Paris meiden und wählte die Route über die Normandie: *Amiens, Rouen, Caen, Avranches* und *Rennes*. Da sich der Verkehr trotz der Urlaubszeit auf den gebührenpflichtigen Autobahnen in Grenzen hielt, war die Fahrt weniger anstrengend als auf den stark befahrenen Straßen Deutschlands. Mit einigen Pausen, so hatte sie errechnet, konnte sie in etwa elf Stunden am Reiseziel sein.

Sie verließ die RN 165 in *Quimperlé*, folgte der Beschilderung nach *Clohars-Carnoet*.

Der Weg schlängelte sich auf und ab durch ein leicht hügliges Gelände, durch Felder und Hohlwege. Links lag ein altes Gehöft, das durch seine Mauern einen wehrhaften Eindruck machte. Offensichtlich hatte es schlimme Zeiten gesehen, vielleicht sogar die französische Revolution. Und dann sah man schon das Meer. Birgit hatte es nicht erwartet. Sie war es von deutschen Küstenlandschaften gewohnt, dass es sich durch Dünen und Deiche ankündigt. Hier war es plötzlich da, wenn man es nicht erwartete. Von dort führte der Weg sie Richtung Küste, an einer Plantage mit Apfelbäumen vorbei, die der Herstellung von Cidre dienten. Wie sie später erfuhr, war *Pen Ar Ster* eine bekannte Cidremarke der Region.

Schon am Nachmittag stand sie vor ihrer Ferienwohnung.

Nicht ganz. Vom Parkplatz ihres Wagens aus musste Birgit über einen Fußweg noch etwa 30 Meter eine Anhöhe hinauf. Dort erwartete sie Madame Lanec, die ihr die Schlüssel für ihre Ferienwohnung übergab.

„Bienvenue", begrüßte sie die Wirtin, „degemer mat, en Breton." Von der bretonischen Sprache hatte Birgit gelesen. Sie wusste, dass sie keltischen Ursprungs war und nichts mit dem Französischen gemeinsam hatte. Jetzt hörte sie sie zum ersten Mal. Madame Lanec, die Birgit nur einige Jahre älter als sie selbst schätze, führte ihren Gast durch einen blühenden Vorgarten in ein kleines, typisch bretonisches Haus. In einer kleinen Hauserweiterung, den die Eheleute Lanec erst vor wenigen Jahren angebaut hatten, befand sich eine eingeschossige Ferienwohnung mit separatem Eingang, überschaubar, aber nicht zu klein. Die Haustür und die Fenster waren von Natursteinen umgeben, die Rahmen und Blenden hoben sich durch ihren blauen Anstrich vom Weiß der Hauswände ab. Von seinem Äußeren unterschied sich der Anbau kaum von der Fassade des Hauses der Vermieter.

Birgit ging vorbei an Sträuchern mit riesigen blauen und rosafarbenen Hortensien, über einer Pergola hingen hellblaue Glyzinien; weiße und rote Rosen, und kleine gelbe Blumen, deren Namen sie nicht kannte, füllten die Beete. In der Ecke des kleinen Gartens wuchs sogar eine Palme. Erstaunlich, wie der Golfstrom diese Region klimatisch begünstigt, dachte Birgit.

Sie war überrascht, dass sie ihre Gastgeberin besser verstand, als sie gedacht hatte. Offensichtlich war ihr passiver Wortschatz größer als ihr aktiver. Madame Lanec kam ihr sprachlich entgegen, denn sie sprach langsam und bemühte sich, einige Worte, manchmal auch einen Satz, in Deutsch einfließen zu lassen. Nachdem sie Birgit das Nötige gezeigt hatte, ließ sie ihren Gast allein. Das Innere des Hauses war gemütlich: dunkle Holzmöbel und ein offener Kamin im Wohnzimmer machten es dem Besucher leicht, sich dort gleich heimisch zu fühlen. Knarrende Holzdielen, Cidretassen, die an einem Holzregal über einer alten Kommode hingen, eine Tischdecke auf dem Küchentisch mit bretonischen Figuren in Landestracht und die blauen und gelben Vorhänge an den Fenstern verliehen den Räumen eine private, man möchte fast sagen, familiäre Atmosphäre. Gewiss, an den Gasherd mit oben angeordneten Knöpfen musste sich Birgit erst gewöhnen. Die Blümchentapete hätte in Köln Aufsehen erregt oder wäre aufgrund ihrer Antiquiertheit belächelt worden. Hier hatte sie ihre Berechtigung, denn sie rundete das bretonische Ambiente ab. Das Schlafzimmer war geräumig und hatte ein großes Fenster. Licht und Luft ließ es herein, und der Gast hatte einen traumhaften Blick nach draußen in den Vorgarten.

Birgit war angekommen, sowohl an ihrem Reiseziel, als auch in ihrer Urlaubsstimmung.

Nach Besichtigung aller Räume ging sie zufrieden vor die Tür und atmete zum ersten Mal bewusst die seidige atlantische Luft des nahen Meeres, sie hörte die Möwen schreien und blickte auf eine unter ihr liegende Wasserfläche, die einem Fluss glich, aber eigentlich das obere Ende eines Naturhafens war, der sich links von ihr zum Meer hin öffnete. Im Wasser dümpelten vor Anker liegende kleine Boote, deren Rümpfe und Masten sich in der bewegungslosen Wasseroberfläche spiegelten.

Sie setzte sich auf die kleine schattige Holzbank links von der Haustür und sprach mit fast ehrfürchtiger Bewunderung zu sich selbst: „Schön! Ich glaube, es war eine gute Wahl." In der Hand hielt sie den Schlüssel zu „ihrer" Wohnung.

Sie blieb noch eine Weile stumm sitzen, bevor sie zum Auto ging, um ihr restliches Gepäck zu holen. Die Sonne des Spätnachmittags blitzte durch die Blätter eines Baumes. Eigentlich sollte man die Zeit anhalten, dachte sie.

Am nächsten Morgen stand Birgit noch im Pyjama am geöffneten Fenster und staunte über die Landschaft. Eine völlig andere als gestern.

Es war Niedrigwasser. Es schien, als hätte jemand den Stöpsel aus einer Wanne gezogen. Die spiegelglatte Wasserfläche war verschwunden und gab den Blick frei auf einen fettig glänzenden Schlick, der mit zahlreichen Abflussrinnen durchzogen war. Die Boote standen auf ihren Kielen und Stützen oder lagen gekippt auf einer Seite.

An den dunklen Stellen des gegenüberliegenden Felsenufers konnte man sehen, dass der Wasserstand um mehr als drei Meter gefallen war.

Nach dem Frühstück – Madame Lanec hatte ihr netterweise eine erste Ausstattung für ein ‚petit déjeuner' im Kühlschrank bereitgestellt – wollte sich Birgit die Umgebung ihrer Ferienwohnung ansehen. Sie machte sich auf den Weg Richtung Meer.

Langsam öffnete sich der fjordartige Meeres-einschnitt. Fischerboote, Segelboote und Kähne lagen im tieferen Wasser an Bojen in der Mitte festgemacht. Sie sah schon das Meer als sie den grünen Leuchtturm passierte.

Vorbei an einem rosa gestrichenen Haus mit blauen Fensterläden führte ein Pfad mit der Beschriftung „sentier côtier" auf die Klippen zu. Sie hatte mit einem Sandstrand gerechnet - vergebens. Doch enttäuscht war sie keineswegs.

Am Horizont im Dunst lag eine Insel. Durch ihre intensive Lektüre erinnerte sie sich: die Ile de Groix.

Sie ging weiter den Küstenwanderweg entlang. Sie fühlte sich leicht. Der laue Wind streichelte ihre Haut. Unten an den granitenen Felsen brachen sich die Wellen. Boote wiegten sich in der Atlantikdünung, als sie mit geblähten Segeln an ihr langsam vorbeizogen. Birgit atmete die salzige Luft tief ein. So schön hatte sie sich ihren ersten Urlaubstag nicht vorgestellt. Ihr lang gehegter Traum war Wirklichkeit geworden.

Der erste kurze Spaziergang diente ihr als Orientierungshilfe. Er hatte sie neugierig auf mehr gemacht. Sie war beeindruckt von dieser Landschaft. Sie machte Lust auf mehr. Birgit war sich nicht sicher, ob das die in der Lektüre wilde, von Stürmen gebeutelte und geheimnisvolle Bretagne war.

Sie ging zurück zu ihrer Ferienwohnung und packte ihre Strandtasche. Dort lernte sie auch Monsieur Lanec kennen. Er kam gerade von seinem kleinen Boot, mit dem er auf dem Meer war, zurück und stieg die steinerne Treppe hinauf, die vom Fluss auf die Straße führte. Er nutzte das auflaufende Wasser, um an seinen Anlegeplatz zu gelangen. Er hatte das Boot an einer Muringtonne mitten im Wasser festgemacht und war mit einem Ruderboot an Land gekommen. Monsieur Lanec war klein, untersetzt, trug eine rosafarbene, sonnengebleichte Hose, Gummistiefel und einen dunkelblauen Blouson. In seinem Gesicht sah man die Spuren von Wind, Wellen, Sonne und Meer; es war braungebrannt, eine vom atlantischen Wetter gegerbte Haut. Er strahlte Birgit an. Der sympathische Mann zeigte ihr einen Korb mit Meerestieren. Birgits erstaunten und zugleich zweifelnden Blick auf die für sie fremden Meereskreaturen deutete er richtig und erklärte seinen Fang mit einer Spur von Stolz, dem Meer diese Köstlichkeiten entrungen zu haben. „Voilà, un tourteau", und zeigte auf den Taschenkrebs, „une vieille" und deutete auf einen großen braun- und orangefarbigen Fisch, und schließlich nahm er einen silbrigen Fisch in die Hand. „Voilà, bar. Délicieux ". Dabei Schürzte er seinen Mund und küsste die Fingerspitzen seiner rechten Hand. Sie entnahm seinem Kommentar, dass sie selbstverständlich probieren musste. War das eine versteckte Einladung zu einem Essen? Birgit war überrascht. Mit dieser Gastfreundschaft hatte sie bei ihrer ersten Begegnung mit Monsieur Lanec nicht gerechnet. Dass Bretonen stur und unnahbar sind, war wohl ein unhaltbares Vorurteil.

Nach der Begegnung mit Monsieur Lanec fuhr Birgit die Küstenstraße entlang nach Osten in Richtung *Le Pouldu*. Der Einkauf musste ihrer Neugier auf die Küstenlandschaft weichen. Von der erhöhten Straße bot sich ihr ein Blick über ein

Stück bretonischer Südküste. Ihr Blick reichte über die Strände von *Pouldu* bis zum *Pointe du Talut;* rechts lag die *Ile de Groix* im gleißenden Sonnenlicht. Sie bog ab, als sie das Schild ‚*Kerou Plage'* las.

Auf zwei herrlichen Sandstränden tummelten sich Sonnenhungrige. Sie suchte sich einen Platz in der Nähe der Felsen. Birgit hatte sich bereits in Köln auf Anraten ihrer Kollegin einen Sonnenschirm und einen dieser kleinen, bodennahen Strandstühle gekauft. Sie mochte nicht im Sand liegen und sich von der Sonne braten lassen. Die Sitzposition kam auch ihrer Angewohnheit entgegen, Leute in ihrer Umgebung zu beobachten. Sie verstand sich dabei hin und wieder als Voyeur, aber immer als Studierende, die sich mit der menschlichen Natur und ihrem Gehabe befasste. Sie tat das auch in Köln, wenn sie in einem Café saß. Nur hier am Strand waren ihre Studien intensiver. Hier konnte sich der Mensch nicht hinter seiner Kleidung verbergen. Sie hingegen versteckte ihre forschenden Blicke hinter einer Sonnenbrille, um nicht zu neugierig zu wirken.

Heute war der Strand eher europäisch. Nur einige Mütter mit Kindern verrieten ihre Nationalität durch die französische Sprache, wenn sie mit ihren Kleinen, die in einem Miniatursee spielten, in Rufweite kommunizierten. Auf seinem Rückzug vom Strand hatte das Meer diese Riesenpfütze in einer Senke des Strandes für die Kinder zurückgelassen. Hier konnten sie sich nach Herzenslust mit dem nassen Element beschäftigen, ohne Brandung und ohne die Gefahr, im knöcheltiefen Wasser zu ertrinken. Durch die Sonneneinstrahlung hatte sich der Salzwassertümpel auf Badewannentemperatur erwärmt. Kinder mit kurzer Hose und T-Shirt als Sonnenschutz und auch kleine Nudisten bauten Sandburgen, gruben Kanäle, errichteten Staudämme, um das ablaufende Wasser aufzuhalten, und schufen fleißig Fantasiegebilde aus Strandgut, Muschelschalen und bunten Plastikförmchen. Nur kurz unterbrachen sie ihr Tun in dem überdimensionalen, paradiesischen Sandkasten, um sich mit Sonnencreme oder Nahrungsmittel bei ihren sonnenbadenden Eltern zu versorgen.

Die ausländischen Touristen importierten ihre heimischen Gepflogenheiten wie ein kulturelles Erbe, das sie im Gepäck hatten und nun zum Vorschein holten.

Wahrscheinlich, so vermutete Birgit, lag die Reiselust des holländischen Paars, das ihr Strandnachbar zur Rechten war, darin, aus dem Heimatland unter dem Meeresspiegel aufzutauchen unter dem Slogan *Oranje boven*, was die junge Dame auch nachdrücklich demonstrierte, als sie mit ihrem auffälligen apfelsinenfarbenen Bikinioberteil den Felsvorsprung über ihr dekorierte, um Selbiges in der Sonne zu trocknen. Oder brauchten sie eine Bereicherung der verhältnismäßig schlichten Esskultur durch die französische Speisekarte? Weltoffen hatten sie sich schon angepasst und verzehrten im Schatten eines Windschutzes aus ihrer überdimensionalen Kühltasche, in der sogar ein Baguette Platz gefunden hatte, ein französisches Picknick mit Heineken Bier gegen den Durst.

Auf ihrer linken Seite, für Birgit etwas zu nah an ihrem Sitzplatz, waren zwei englische Familien, vier Erwachsene und vier halbwüchsige Kinder. Als sie sich ihrer meist karierten Shorts und den T-Shirts mit dem aufgedruckten Union Jack entledigt hatten, entblößten sie einen weißen, bis dahin dem Sonnenlicht verborgenen Körper. Birgit hatte Mitleid mit ihnen, denn ein Sonnenbrand war für Rothaarige ohne Schutz vorprogrammiert. Es schien ihr wie eine Umkehr der geschichtlichen Ereignisse des Jahres 1066, als die französischen Normannen die englische Insel eroberten. Jetzt überfluteten die Engländer rund

1000 Jahre nach Wilhelm im Gegenzug den Kontinent, getrieben von einem günstigen Wechselkurs und der Möglichkeit, zu Hause mit einem Urlaub ‚abroad' prahlen zu können. Sie okkupierten ihren Strandabschnitt, indem die Erwachsenen ihren ‚claim' mit Strandutensilien großzügig absteckten. Die sportlichere Jugend frönte derweil dem Crickettraining, indem sie den Ball quer über die Sandfläche schlugen, Missfallensäußerungen Erholung suchender Strandnutzer missachtend, die sich darüber wunderten, warum ausgerechnet an einem Ort einer flächendeckenden Sportart nachgegangen werden musste, der wahrlich genügend unaufdringliche Alternativen für Strandaktivitäten bot.

Birgit war nicht unkritisch ihrer eigenen Betrachtung gegenüber. Vielleicht sah man in ihr die akkurate Deutsche in ihrem Strandstuhl, die eher einer Badeaufsicht glich als einer Sonnenbadenden. Vielleicht meinte man auch von ihr, dass sie als alleinstehende Frau männlichen Kontakt suche. An Ressentiments der Franzosen den Deutschen gegenüber aufgrund der geschichtlichen Vergangenheit glaubte sie nicht. Dazu hatte sie bereits zu viel Gastfreundschaft erfahren.

Lange hielt sie es auf ihrem Strandstuhl nicht aus, denn mittlerweile lagen die Temperaturen im Schatten über 20 Grad und die Sonne brannte von einem wolkenlosen Himmel. Sie ging den flachen Strand hinunter zum Wasser.

Das glasklare türkisfarbene Nass lockte sie. Die Wellen waren nicht so hoch. Sie konnte nicht widerstehen. Das kühle Wasser war genau das Richtige. Der Strand war nur schwach geneigt, so dass sie ganz allmählich in den Atlantik watete. Das Wasser war kühl, nicht kalt. Obwohl nur noch ihr Oberkörper aus dem Wasser ragte, konnte sie noch ihre Füße sehen. Das Wasser war glasklar. Dann floh plötzlich eine ‚Flotte' kleiner Fische vor dem Eindringling. So wollte Birgit es auch machen und tauchte unter. Sie schmeckte das Salz und spürte das Kribbeln auf ihrer Haut, als sie rücklings im Wasser lag und sich vom Heben und Senken der leichten Dünung wiegen ließ.

Obwohl es ein herrlicher Sommertag mit idealem Badewetter war, hielt sich der Strom von Badegästen in Grenzen. Auch am frühen Nachmittag war der Strand nicht übermäßig voll. Wahrscheinlich verteilten sich die Badelustigen auf die zahlreichen Sandstrände entlang dieses Küstenabschnitts.

Sie fühlte immer mehr, dass dieses Reiseziel das war, was sie jahrelang gesucht hatte, mit einem Erholungswert, der sich schnell und intensiv einstellte durch diesen Sommertag an diesem Strand. Sie wusste, dass auch ihrem Mann die Bretagne gefallen hätte.

Ihr fielen sofort die Bilder von der bretonischen Küste ein, die ihr Nicole gezeigt hatte, die vielen Sandbuchten, umgeben von schroffen Felsen, das glasklare Wasser, die schneeweißen Häuser mit ihren schwarzen Schieferdächern, die sich so harmonisch in die Landschaft einfügten. Nun hatte sie die Wirklichkeit vor sich, die sie noch mehr beeindruckte als die Glanzfotos der französischen Praktikantin. Sie nahm intensiv Notiz von der beeindruckenden Blütenpracht der Pflanzen, vor allem der Hortensien, die sich durch den Einfluss des Golfstroms dort so prächtig entwickelten, vom tiefen Blau über Rot zum Schneeweiß, und das in einer Fülle und Größe, wie Birgit sie vorher nie gesehen hatte. Weil ihr alles vollkommen erschien, fragte sie sich, ob es denn gar nichts gab, was ihren Urlaub schmälern würde.

Sie hatte die Vorstellung von Sonnenaufgängen und Sonnenuntergängen, von romantischen Stunden, wenn der rot glühende Feuerball aus dem Meer steigt oder abends am Horizont im Wasser versinkt. Dieses Schauspiel konnte ihr die Südbretagne im Sommer nicht bieten. Die Küstenlinie verlief in Ostwestrichtung. Deshalb ging die Sonne über Land auf und auch unter. Jedoch ließ die Fülle der anderen Attraktionen der Natur sie über diesen Verlust leicht hinwegkommen.

Das intensive Erlebnis des ersten Ferientags ließ auf weitere erholsame Tage hoffen. Das Wetter, das in der Bretagne bekanntermaßen abwechslungsreich ist, war wider ihrer anfänglichen Erwartung hochsommerlich. Die Bedingungen für die kommende Woche schienen günstig, so dass Birgit Baumann weitere Urlaubspläne schmieden konnte: Strand und Wasser, Wanderungen auf dem *sentier côtier*, Besuch netter Lokale und Besichtigung ausgewählter Sehenswürdigkeiten entlang der Küste oder auch im Landesinnern. Im Reisebüro, dem *syndicat d'initiative*, würde man die nötigen Informationen bekommen.

Nach Sonnenuntergang ging sie die Stufen von ihrer Ferienwohnung hinunter zur Straße, die sich entlang des Meereseinschnitts am Wasser vorbei schlängelte. Kleine Ruderboote waren mit langen Seilen an den metallenen Ringen entlang der Mauer befestigt und spiegelten sich im grünlich klaren Wasser. Jetzt hörte sie das Klingklang von den Masten der Segelboote und das Geschrei der Möwen, von dem sie geträumt hatte, wirklich. Nicht weit entfernt lag eine Gaststätte mit einer Terrasse, der geeignete Ort, bei einem Glas Wein den phantastischen Sommertag ausklingen zu lassen.

Als Birgit am nächsten Morgen aus dem Fenster blickte, schaute sie in eine graue Welt. Der Himmel war grau, das Wasser war grau, das gegenüberliegende Ufer war grau. Alles war nass und doch regnete es nicht wirklich. *Crachin breton*! In Köln hätte man von Nebelnässen oder Nieselregen gesprochen; hier deckte die feuchte Luft alles unter einen grauen, nassen Mantel. Es war warm. Daher gab es keinen Grund, sich im Zimmer zu verkriechen. Birgit hatte irgendwo gelesen, dass das Wetter in der Bretagne schön sei, und zwar ‚mehrmals am Tag'. Also wollte sie – dem *crachin* die Stirn bietend und entsprechend angezogen – das Haus verlassen und sich die Küste von ihrer grauen Seite ansehen.

Ihr Mann hätte auch bei diesem Wetter zahlreiche Motive für seine Kamera gefunden, die Boote im Dunst, die Möwen auf dem Deck der Fischkutter und die Tropfen auf den Blüten der zahlreichen Pflanzen. Der Geruch von Algen stieg ihr in die Nase. Am nahen Ufer leckten die kleinen Wellen an den nassen Felsen. Wollte die Bretagne ihre Eigenwilligkeit beweisen und dem Touristen ihre landschaftliche Wandlungsfähigkeit zeigen? Es soll Reisende geben, die sich von Regen und Wind abschrecken lassen, den Urlaubsort vorzeitig wechseln und abreisen oder gar den Urlaub missmutig abbrechen und nach Hause fahren. Birgit kam es dagegen vor, als offenbarte die Natur dieser Küstenregion ihre Reize, die sie Tag für Tag neu entdecken konnte. Dies war nicht eine Welt, die man als Tourist nur konsumierte und die sich den Pauschaltouristen anbiederte. Diese atlantische Natur präsentierte dem Besucher all ihre Varianten, als wollte sie ihm ihren natürlichen Charme und ihre Wandlungsfähigkeit begreiflich machen. Birgit genoss die Nässe des Tages und wurde eins mit ihrer Umgebung.

Sie ging etwa zwei Stunden den Küstenweg entlang, bis sie in eine kleine Gaststätte einkehrte und sich mit einem Café crème und einem Croissant an den Tisch setzte, der ihr einen Blick auf das dunstige, graue Meer gewährte. Birgit war froh, dass sie auf den Rat ihrer Kollegin gehört hatte und geeignete Regenbekleidung in ihrem Gepäck mitführte. Das schützte sie jetzt vortrefflich vor dem alles durchdringenden *crachin*. Der Horizont war nicht zu sehen, das Grau der Wasseroberfläche ging ohne Grenze in das Grau des Himmels über. Der Wetterwechsel war gut für die Pflanzenwelt. Warum sollte der Mensch ihn nicht genießen?

Leute, die solches Wetter als ‚schlecht' bezeichnen, sollten andere Regionen der Erde aufsuchen, um ihren Sonnenhunger zu stillen, dachte Birgit.

In Köln hätte sich Birgit seltsamerweise diesem Negativurteil angeschlossen. Jedoch hier war für sie das Wetter atlantisch und passte genauso in die Umgebung wie der strahlende Sonnentag davor – oder aber auch wie die Blümchentapete in ihrer Ferienwohnung, wie die Fremdartigkeit der bretonischen Sprache, die ihr überall begegnete, oder wie die Klänge der alten keltischen Instrumente, die eine Musik produzierten, an die sich auch Musikliebhaber erst gewöhnen müssen. Eigentlich, so dachte sie, habe ich mich in diese Landschaft verliebt; ich nehme sie so, wie sie ist und nicht, wie ich sie haben will.

Birgit wollte mehr. Sie hatte vor, in diese für sie neue Welt einzutauchen, um sie mit allen Sinnen wahrzunehmen. Sie hatte das Gefühl, dass sie auf ihre Umgebung zugehen musste, um sie zu erobern. Und diese Bereitschaft schien die Bretagne mit ihren unterschiedlichen Facetten zu belohnen, indem sie Birgit willkommen hieß.

Wiedersehen mit Nicole Fabre

Der Urlaub in der Südbretagne war genauso, wie Birgit es erwartet hatte. Die Landschaft machte Lust auf Meer und Lust auf mehr. Ein Bootsausflug auf die *Ile de Groix* würde eine weitere Bereicherung ihres Urlaubs sein. Vom *rive droite* (rechtes Flussufer) in *Doelan* aus pendelte eine Fähre zwischen dem Festland und der Insel.

Birgit hatte von dem malerischen *Port Tudy* aus, in dem die Fähre nach einstündiger Fährt eintraf, entlang des Küstenwanderwegs den Ostteil der Insel erwandert und am *Pointe des Chats* sogar ein deutsches Ehepaar aus Bonn getroffen, mit dem sie sich lange unterhalten hatte.

Sie lebten seit 15 Jahren auf der Insel, genossen das atlantische Klima, selbst in der ‚kalten' Jahreszeit, die aufgrund des Golfstroms hier den Namen nicht verdiente. Auf der Insel gab es kaum Temperaturen unter dem Gefrierpunkt. Als Geologe hatte es den Mann Ende der 70er Jahre auf die Insel verschlagen. Seit seiner Pensionierung konnte er die Mineralogie zu seinem Hobby machen. Nicht nur diesbezüglich sagte er:

„Qui voit Groix, voit sa joie." (Wer Groix sieht, sieht seine Freude). Er zeigte Birgit einige Mineralien, die er im mineralogischen Schutzgebiet der Insel entdeckt hatte: Granate, Lepidolithe und Glaukophannadeln. Birgit, die bislang von Gesteinskunde wenig Ahnung hatte, war begeistert, auf so anschauliche und sympathische Art und Weise eine Einführung in die Mineralogie zu bekommen.

Das Gespräch mit den beiden Landsleuten endete im *Bateau Ivre* (Trunkenes Boot), einem urigen Gasthaus in *Locmaria*. Zunächst dachte Birgit an den Poeten Arthur Rimbaud, der dem trunkenen Boot ein Gedicht widmete. Beim Eintritt in das eigenartige Wirtshaus blickten jedoch riesige Marionetten auf seine Besucher herab, die in den alten, weichen Lederpolstern Platz fanden und den *grand café crème* und *kouign amann* (bretonischer Butterkuchen) genossen, eine wahre Sünde für die Hüften. Für ein angebotenes bretonisches Bier war es den drei Besuchern noch zu früh.

Leider musste Birgit die beiden netten Landsleute eher verlassen, als sie wollte, denn die Fähre zurück zum Festland nach *Doelan* wartete nicht auf sie.

Zurück in ihrer kleinen Ferienwohnung brauchte sie sich um das Abendessen nicht zu bemühen. Ein paar Stückchen Käse waren noch im Kühlschrank, eine angebrochene Flasche Rotwein stand auf der Anrichte, und das halbe Baguette vom Frühstück war wider Erwarten noch knusprig.

Am nächsten Tag folgte Birgit mit dem Auto der Straße nach *Le Pouldu*. Der *crachin* war während der Nacht verschwunden, die Sonne lachte wieder von einem leicht bewölkten Himmel. *Le Pouldu Port*. Sackgasse! Das war ein lokales *Finistère*, was soviel bedeutet wie das Ende der Welt, denn der Flusseinschnitt *Laita* bildete die Grenze zum *Morbihan*. Parkplatz. Café 'Ster

Laita'. Terrasse. "Un petit crème". Birgit hatte es sich am Ufer der *Laita* unter einem Sonnenschirm bequem gemacht und studierte die Landkarte. Gedankenversunken suchte sie in ihrem Rucksack das Handy. Sie hatte dort die Telefonnummer von Nicole Fabre gespeichert. Bei der Bedienung erkundigte sie sich nach der Landesvorwahl. 0033, dann eine 2 für das Département, dann die Nummer des Gesprächsteilnehmers. Birgit hatte das Bedürfnis, mit jemandem zu sprechen. Sie war nach ihrem Erlebnis auf der Insel in der richtigen Stimmung, per Handy Kontakt mit Nicole Fabre aufzunehmen. In ihrem kleinen Notizbuch fand sie die Nummer. Sie hoffte, dass es noch ein gültiger Anschluss war. Dann hörte sie Nicoles Stimme auf ihrem Handy.

„Bonjour, spreche ich mit Mademoiselle Fabre. Hier ist Birgit Baumann."

„Hallo Birgit, welch eine Überraschung! Wie geht es dir?"

Nicole hatte ihr Deutsch wohl nicht verlernt. Das machte die Kommunikation deutlich einfacher.

„Ich sitze auf der Terrasse in einem Lokal in *Le Pouldu* und genieße meine Ferien und den Blick auf die *Laita*. Ist das schön hier."

„Schön von euch zu hören, wie geht es euch?"

Nicole wusste nichts vom Tode von Uwe Baumann und redete unbewusst in der Mehrzahl.

Birgit korrigierte: „Du kannst nicht wissen, dass Uwe vor fünf Jahren bei einem Unfall ums Leben gekommen ist. Ich bin alleine hier."

Nicole war bestürzt und äußerte ihr Bedauern über diese unerwartete Nachricht.

„Können wir uns sehen? Ich glaube, es gibt viel zu erzählen", schlug Nicole vor, „wir haben uns so lange nicht gesehen."

„Ich würde mich sehr freuen."

„Ich kann über meine Arbeitszeit weitgehend verfügen und mir eine Auszeit nehmen." Nicole schlug vor, sich bereits am Freitag zu sehen.

Schnell waren sich die beiden Freundinnen einig, dass ein Wiedersehen längst überfällig war.

Da Nicole Fabre derzeit beruflich in Lorient zu tun hatte, schlug sie vor, sich in einem der kleinen Lokale zu treffen, die sich in *Larmor Plage* entlang der Küstenpromenade befanden. Verfehlen konnte man sich dort wohl nicht.

Birgit gefiel es, dass die Bedienung im *Café Ster Laita* so unaufdringlich war. In Frankreich, anders als in Deutschland, war es nicht üblich, dass sich der Kellner oder die Kellnerin nach einer gewissen Zeit bemerkbar machte mit der Frage: „Darf es noch etwas sein?" Birgit saß etwa eine Stunde bei einem *petit café crème*, ohne dass sie durch eine Nachfrage genötigt wurde, weiteres zu konsumieren. Sie schätzte es, den Wunsch nach Mehr in das Belieben des Kunden zu stellen. Sie hatte festgestellt, dass sich der französische Kaffee durch seine Röstaromen oder durch die besondere Bohne von deutschem Kaffee unterschied. Sie mochte den etwas stärkeren Geschmack, ja, sie meinte sogar, er sei auf irgendeine angenehme Weise für sie eine Art „Urlaubskaffee". Auf der Terrasse des Cafés hatte man eine Boulebahn angelegt. Sechs ältere Herren warfen dort ihre stählernen Kugeln nach dem „Schweinchen". Neben aller Fertigkeit, die eigene Kugel möglichst nahe am „Schweinchen" zu positionieren oder die gegnerische Kugel wegzuschießen, bewunderte Birgit die Inbrunst und den Eifer der Herren, die ihren Erfolg oder Misserfolg heißmütig kommentierten oder diskutierten. Es schien ein strategisches Spiel zu sein, bei dem sich Erwachsene wie Kinder benehmen durften. Einige von ihnen suchten Blickkontakt und redeten mit ihr. Verstanden hatte sie nichts, aber Birgit nickte den Spielern freundlich lächelnd zu, da sie sich darüber freute, dass die Männer sie als Zuschauerin in ihr Spiel einbezogen.

Als sie wieder in ihrer Ferienwohnung ankam, traf sie vor dem Haus Madame Lanec. Sie erkundigte sich bei ihrer Vermieterin nach dem günstigsten Weg nach *Larmor Plage*. Madame Lanec riet von einer Fahrt durch Lorient ab und empfahl ihr, an der Küste entlang zu fahren.

Ihre Gastgeber waren wie alte Freunde, obwohl sie Monsieur und Madame Lanec erst seit kurzem kannte. Ihre Hilfsbereitschaft und Gastfreundschaft gipfelte in der spontanen Einladung zum Abendessen, die Birgit gerne annahm.

Das Essen war köstlich und reichhaltig. Es war französisch, denn zu jedem der vier Gänge wurde ein passender Wein angeboten, und bretonisch wegen der verschiedenen Meeresfrüchte. Birgit bedauerte, aufgrund ihrer geringen Französischkenntnisse, dass sie nicht die Konversation führen konnte, die sie sich gewünscht hätte. Dennoch fehlte es nicht an Herzlichkeit. Birgit hatte das *Triskel* in ihrer Wohnung gesehen, fragte nach und erfuhr, dass es ein altes keltisches Zeichen war: der Dreiklang von Erde, Wasser, Luft, aber auch Vergangenheit, Gegenwart, Zukunft oder Geburt, Leben, Tod. Sie erfuhr von der bretonischen Flagge „gwenn ha du" (weiß und schwarz), in der die Streifen die ehemaligen Bistümer, die elf Hermeline die Herzogtümer der Bretagne symbolisieren.

Die unterschiedlichen Crêpes, die Birgit angeboten bekam, gaben einen weiteren Gesprächsanlass.

„Bei uns gibt es Pfannekuchen, meistens mit Obst. Sie haben viel mehr Teig. Das entspricht eher der deutschen Gewohnheit, sich daran satt zu essen", scherzte Birgit, „die bretonischen Crêpes sind viel filigraner, und der Belag so unterschiedlich und raffiniert, dass der Genuss im Vordergrund steht." - „Krampouz, en breton", warf Monsieur ein. Er hatte Einiges verstanden, da Madame Lanec bemüht war, zu übersetzen.

„Il y a des crêpes au froment et au blé noir", unterschied Madame Lanec.

Es dauerte eine Weile, bis Birgit den Unterschied begriff: Crêpes mit Weizenmehl sind süß und die mit Buchweizenmehl herzhaft.

„Bei uns heißen die herzhaften Crêpes Reibekuchen und werden aus Kartoffeln hergestellt", erklärte Birgit und fügte hinzu: „Es gibt in Deutschland auch herzhafte Pfannkuchen zum Beispiel mit Speck oder Spinat. Der Teig ist dann nicht gesüßt." Natürlich tauschten beide Frauen die Rezepte aus.

Alles fand in einer gastfreundlichen Atmosphäre statt und tat trotz des sprachlichen Handicaps der Herzlichkeit keinen Abbruch.

Es war schon Mitternacht, als Birgit sich von den Eheleuten verabschiedete, natürlich mit den landesüblichen Küsschen, gleich vier Mal für gute Freunde.

Eigentlich hatte sie ihre Vermieter auf das gewöhnungsbedürftige Bettzeug ansprechen wollen. Birgit kannte das Kölner Wort ‚Plümmo'; das Lexikon nannte für die französische Entsprechung ‚plumeau' allerdings einen mit Federn besetzten Staubwedel. Sie hatte sich bereits daran gewöhnt, kein Federbett zu haben. Stattdessen hatte das Bett ein sauberes, weißes Laken, an drei Seiten straff um die Matratze geschlagen und am oberen Ende um eine Wolldecke, so dass es diese vom Körper trennte. Birgit kam anfangs der Gedanke, dass man so früher Säuglinge wickelte. Nur gut, dass sie nicht unter Platzangst litt. Bei den sommerlichen Temperaturen wäre ein Federbett ohnehin zu warm gewesen. Auch unter diesen Umständen schlief sie in der Bretagne gut. Federbetten schienen in der Bretagne nicht gebräuchlich, vielleicht auch nicht zweckmäßig zu sein.

Birgit machte sich schon am nächsten Morgen zeitig auf und folgte der Beschilderung ab *Guidel* und *Guidel Plage* nach *Lorient par la côte*. Es war der Weg, den Madame Lanec ihr empfohlen hatte. Die künstlich errichteten Bodenwellen zwangen sie dazu, nicht schnell zu fahren. Deshalb konnte sie den Blick über ein blaugrünes Meer hin zur *Ile de Groix* im Morgendunst genießen. Trotz der landschaftlich reizvollen Küste nahm sie die Überreste des so genannten Atlantikwalls des 2. Weltkrieges wahr, die bis heute aufgrund ihrer massiven Konstruktion nicht beseitigt werden konnten. Mit welch einer wahnsinnigen Energie haben ihre Landsleute es geschafft, diese Landschaft und die Schönheit der Natur auf Dauer durch Machtstreben zu ruinieren. Durch die mittlerweile über fünfzig Jahre alten Bunker und Befestigungsanlagen wurde sie an die Kriegszeit erinnert, als ihr Schwiegervater hier stationiert war und als U-Bootfahrer und Soldat seinen Dienst verrichten musste.

Erst hinter *Courégant* verließ sie die Küstenstraße und bog an einem der zahlreichen Kreisverkehre nach *Larmor Plage* ab.

Verfahren konnte sie sich eigentlich nicht, denn unmittelbar rechts lag das Meer. Auf der gesamten Strecke hatte man immer wieder einen Blick auf den Atlantik, zunächst als übersichtliches Panorama, später zwischen Bäumen und Häuserreihen hindurch. Vor dem Ortskern von *Larmor Plage* fand sie einen Parkplatz und hatte nur wenige Minuten bis zur Strandpromenade zu gehen.

Birgit mochte keine Unpünktlichkeit. Darum machte es ihr nichts aus, schon eine Stunde vor dem verabredeten Zeitpunkt vor Ort zu sein. Sie hatte Urlaub und mochte sich nicht unter Termindruck setzen. Sie schlenderte die Promenade entlang. Vor ihr lag die Hafeneinfahrt von *Lorient*. Auf der gegenüberliegenden Seite erstreckte sich die Zitadelle von *Port Louis*. Sie ging weiter am Meer entlang. Die ersten Segler nutzten das strahlende Sommerwetter und lenkten ihre Boote auf das offene Meer. Sie ging an kleinen Gärtchen mit subtropischen Pflanzen vorbei, hinter denen sich ansehnliche Häuser befanden. Einige boten Ferienwohnungen an, zum Teil mit Balkon, deren Lage ihr außergewöhnlich interessant erschien. Eine große Fähre zur *Ile de Groix* fuhr hinaus, in der morgendlichen Stille vernahm sie trotz der Entfernung das monotone Motorengeräusch. Auf dem oberen Deck standen zahlreiche Passagiere in der Morgensonne. Vor ihr lag der große Strand von *Toulhars*, zu dieser Zeit noch ohne Badegäste. Nur einige Menschen mit Gummistiefeln und Eimern bestückt suchten entweder nach Wattwürmern im nassen Sand, um später die nötigen Köder zum Angeln zu haben, oder sie schauten sich nach Essbarem um, welches das Meer in Form von Schalentieren kostenlos lieferte.

Auf dem Weg Richtung Kirche stieg ihr der Geruch von frisch Gebackenem in die Nase. *Baguette, Croissants* und *Pain chocolat* warteten in der Auslage einer Bäckerei auf ihre Kunden. Sie widerstand dem verführerischen Verlangen, ein zusätzliches Frühstück zu erwerben, zumal sie an das üppige Mal bei den Eheleuten Lanec dachte.

Mit dem Blick auf ihre Uhr beschloss sie, den Spaziergang zu beenden und sich zurück auf die Strandpromenade zu begeben.

Die Sonne hatte bereits die ersten Korbsessel der Lokalterrassen erobert. Dort nahm Birgit Platz, bestellte sich einen *Grand crème* und genoss den Blick auf das flache, im Sonnenlicht funkelnde Meer. Mittlerweile konnte sie ihre Erholung spüren. Sie hatte Ruhe gefunden, konnte im Hier und Jetzt leben und mit allen Sinnen wahrnehmen. Sie spürte, wie der leichte Morgenwind ihre mittlerweile gebräunte Haut streichelte, hörte die Möwen lachen, schmeckte die salzige Luft und roch die Algen, die der Luft in Meeresnähe den typischen Geruch verliehen. Was ihr fehlte, war das Gespräch mit einem bekannten Menschen. Obwohl sie mittlerweile verstand, ihr Leben alleine zu organisieren und ein gewisses Maß an Freiheit zu genießen, gab es Augenblicke, in denen ihr der Partner fehlte.

Birgit saß direkt am Rande des Lokals und konnte sowohl die Passanten beobachten als auch die Menschen, meist Mütter mit Kindern, die am nahen Strand zum Sonnenbad ihre Decken ausbreiteten. Bald erblickte sie Nicole, die sich auf der Promenade näherte und einen suchenden Blick auf die Terrassen der Strandlokale warf. Dann sahen sich die beiden Frauen. Birgit begrüßte Nicole mit einem herzlichen „Bonjour, ça va?" Wie selbstverständlich wurden zunächst die Wangenküsschen ausgetauscht. „Bisous", nannte Nicole das französische Begrüßungsritual, „in Köln sagt ihr ‚Bützchen'; irgendwie scheinen die Wörter verwandt zu sein." Sie hatte tatsächlich nichts von der deutschen Sprache vergessen, die sie bei ihrem Praktikumsaufenthalt in Köln gelernt hatte – im Gegenteil.

„Was ist mit Uwe passiert, magst du mir davon erzählen?" Es war selbstverständlich, das Nicole von dem tragischen Unfall erfahren wollte.

Allerdings wechselte sie nach kurzer Zeit schnell das Thema.

„Mein Job in *Lorient* erlaubt es mir, dass wir uns häufiger treffen können, wenn es dir recht ist."

„Das steht außer Frage. Nichts lieber als das", antwortete Birgit freudestrahlend.

„Alles ist wunderschön hier, ich bin so froh, dass ich mich dazu durchgerungen habe, meinen Urlaub hier zu verbringen. Das Einzige, was mir ein bisschen fehlt, ist ein Gesprächspartner oder eine Gesprächspartnerin."

„Ich bin gerne bereit, dir damit zu helfen; und gleichzeitig kann ich auch ein wenig deine Reiseführerin sein", bot sich Nicole an.

„Es gibt neben meinem Urlaub auch ein berufliches Interesse, hier in der Bretagne zu sein. Ich soll einen Artikel für meine Zeitung über den ERIKA-Unfall und die damit verbundenen Konsequenzen schreiben."

„Dabei kann ich dir helfen", bot Nicole an. Birgit äußerte sich auch über die Überbleibsel aus Beton aus Kriegszeiten, die ihr bei ihrer Fahrt entlang der Küste aufgefallen waren. Birgit erzählte Nicole kurz über die Zeit ihres Schwiegervaters als Soldat in *Lorient* als U-Boot-Fahrer. Deshalb schlug ihr Nicole vor, die *Cité de la Voile Eric Tabarly* zu besuchen.

„Neben der alten, von der deutschen Besatzung errichteten U-Boot Basis ist die Stadt *Lorient* dabei, ein Segelzentrum zu errichten, das weltweit Beachtung finden soll. Hier werden internationale Regatten stattfinden, jetzt sieht man bereits riesige Katamarane, ein museales Unterseeboot, und es gibt ein Restaurant und ein Bistro mit Terrasse. Ich glaube, dass uns das interessieren wird", informierte Nicole.

Dort sollte dann auch die nächste Begegnung der beiden Frauen stattfinden.

Nicole bat Birgit, sie zu einer nahen Werkstatt zurückzufahren, da sie ihr Auto für eine Scheinwerferreparatur dort gelassen hatte. Da Birgit nur wenige Kilometer Richtung Stadt zurücklegen musste, zerstreute Nicole ihre Befürchtung, sich in der Innenstadt zu verfahren.

Als die beiden Frauen die Brücke über den *Ter*, einem schmalen Meeresarm, überquerten, zeigte Nicole nach rechts. In einiger Entfernung waren grau-braune Betonklötze zu sehen. Die futuristisch anmutenden Gebäude der *Cité de Voile Eric Tabarly* säumten das Ufer des Meereseinschnitts.

„Und was ist das dunkle Gebäude dahinter?" erkundigte sich Birgit.

„Dort liegen die U-Boot Bunker von *Keroman*."

Lorient 1942 / 43

„Dort liegt unser Boot in den Bunkern von *Keroman*", sagte Felix Baumann, als er mit zwei Kameraden in einem Geländewagen auf dem Weg zurück zum Quartier für die Besatzungen vorbei an der U-Boot Basis die Brücke über den *Ter* entlang fuhr.

„Jetzt muss der BdU [Befehlshaber der U-Boote] eine zeitlang auf uns verzichten. Jedenfalls so lange, bis das Boot wieder auslaufen kann."

Die Unterkünfte der U-Boot Leute lagen entfernt von den Bunkern und zwar im Nordosten der Stadt. Der Geländewagen fuhr an den zum Teil stark beschädigten Gebäuden vorbei. Felix und seine Kameraden waren betroffen, dass große Teile der Stadt durch das Bombardement so in Mitleidenschaft gezogen wurden und viele Häuser in Trümmern lagen. Zwar war das Ziel der englischen Bomben eigentlich die U-Boot Basis, aber Opfer der Luftangriffe war zu oft die Zivilbevölkerung. Einige Bunkeranlagen waren noch im Bau; die bestehenden waren so massiv, dass sie den ersten Bombenangriffen im September 1940 standhielten. *Lorient* als Ausgangshafen für die so genannte „Atlantikschlacht" schien aufgrund der geringeren Marschwege der Frontboote strategisch wertvoll zu sein. Seit 1941 hatten die Luftangriffe etwas abgenommen, und die Bunkeranlagen in *Keroman* konnten mit Hilfe der französischen Arbeiter rasch fertig gestellt werden. Bald sollten ungefähr vierzig U-Boote bombensicher die Bunkeranlagen benutzen können. Dennoch waren Zerstörung und Schäden an den zivilen Gebäuden überall sichtbar und Tote in der Zivilbevölkerung zu beklagen.

Felix war der 10. Flottille zugeteilt und hatte seit 1941 an Feindfahrten im Atlantik teilgenommen, fünf nördlich des 40. Breitengrades und zwei südlich des 40. Breitengrades.

Während seiner Feindfahrten hatte sich das Bombardement auf *Lorient* wieder verstärkt, so dass sich die U-Boot Besatzungen zwar eine erfolgreiche Heimfahrt wünschten, sich dennoch mit gemischten Gefühlen dem Heimathafen näherten.

Felix bat den Fahrer anzuhalten, um in der Stadt noch Einiges zu erledigen.

Für Felix hatte die Rückkehr von einer Feindfahrt seit einem Monat eine besondere Bedeutung.

Sie hieß Claudine und arbeitete in einer kleinen Boulangerie in der Stadt. Felix hatte sie an einem sommerlichen Junitag am Strand von *Toulhars* kennen gelernt. Die hübsche dunkelhaarige und zierliche Bretonin hatte sich ihren Fuß an einer Muschel verletzt und humpelte zu ihrem Badehandtuch in der Nähe der Stelle, an der sich Felix seit einer Stunde gesonnt hatte.

„Die Wunde muss gesäubert werden", sagte Felix. Mit dem Zipfel eines noch nicht benutzten Handtuchs wischte er über die Schnittwunde. „Ich hole etwas Meereswasser." Er sprang auf, und kehrte mit Meereswasser, das er in seinen bloßen Händen hielt, die er zu einer Muschel geformt hatte, zurück. Vorsichtig goss er das Wasser über die Wunde. Die junge Frau verzog leicht das Gesicht, lächelte ihn aber sofort dankbar an. Wieder tupfte er behutsam den verletzten Fuß ab. Aus einem Stoffbeutel zog die Frau ein Etui mit einem Pflaster und reichte es Felix. „Voilà", sagte sie und schien Felix Hilfe dankbar entgegenzunehmen.

„Je vous remercie beaucoup."

„De rien, je m'appelle Felix."

„Oh, vous êtes allemand?"

„Oui."

Die Unterhaltung schien beendet. Felix hätte gerne noch weiter gesprochen. Es gab für ihn Gründe, sich einen Fortgang des Gesprächs sorgfältig zu überlegen. Es war Krieg, der Franzose war der Feind der Deutschen. Jeder Kontakt konnte zu schnell zu Verwicklungen führen, die keiner der beiden wollte. Felix war schließlich Angehöriger der U-Boot Waffe und die junge Frau war eine unbekannte Gegnerin.

„Je m'appelle Claudine." Das Mädchen in dem reizenden Badeanzug schien das Gespräch fortsetzen zu wollen. In Badebekleidung und am Strand war der Krieg mit all seinen Begleiterscheinungen und Meinungen so weit weg. Sie hatte liebe Augen, war jung und schien unkompliziert zu sein. In einiger Entfernung saß eine ältere Frau, die wohl mit ihren Enkelkindern den Sommertag am Strand verbringen wollte. Auf den Felsen, die den Strand zu beiden Seiten einfassten, konnte man Personen sehen, die offensichtlich nach Muscheln zwischen den Klippen suchten.

Alle waren außer Hörweite, so dass einem Gespräch nichts im Wege stand.

Felix vergewisserte sich, dass sie nicht beobachtet wurden, schüttelte sein Handtuch aus und legte es einen halben Meter näher wieder an seine Gesprächspartnerin heran.

Hatte sie auf diese Reaktion gewartet?

„Ich spreche nur ein wenig deutsch. Als ich ein kleines Mädchen war, habe ich ein wenig Deutsch gelernt bei meiner Großmutter in Colmar, Alsace. – Guten Tag, auf Wiedersehen, danke, bitte, wie geht's, das ist schön. Wie geht es Ihnen?" Sie lächelte verlegen. Manchmal spreche ich mit deutschen Soldaten in unserer Boulangerie in der Stadt, wenn sie Brot oder Patisserie kaufen."

„Ihr Deutsch ist hervorragend. Ich wünschte, ich spräche so gut Ihre Sprache. Gehen Sie oft an diesen Strand?"

Felix sprach langsam und bemühte sich, das Gespräch so zu gestalten, dass er keine Informationen von sich preisgab, die in irgendeiner Form mit seinem Dienst zu tun hatten. „Ich habe Sie hier noch nie gesehen."

„Es gibt nicht viel Abwechslung für mich in dieser Zeit. Aber die Stadt und das, was mit ihr und den Menschen passiert, bedrückt mich. Mir fehlt dann die Luft zum Atmen, die ich hier am Meer finde. Ich schaue dann in die endlose Ferne bis zum Horizont, um meine Gedanken und Träume dorthin zu schicken."

Für Claudine war der unbekannte Deutsche eine willkommene Abwechselung, obwohl von ihrer Seite die Gefahr bestand, schnell in den Ruf einer Kollaborateurin mit dem Feind zu geraten. Sie wusste, wie schnell das geschehen konnte. Allerdings gefiel ihr der junge Mann. In Friedenszeiten hätte sie sich einen engeren Kontakt vorstellen können.

Felix und Claudine hatten sich im Sommer in unterschiedlich langen zeitlichen Abständen zwischen den Feindfahrten noch zweimal getroffen. Eine Sehnsucht nach Frieden, Geborgenheit und Zweisamkeit, die der Kriegsalltag für beide so sehr vermissen ließ, war der Grund dafür, dass sie sich auf dem Weg zum *Plage de Toulhars* immer wieder eine Begegnung am Strand erhofften. Offensichtlich war der Wunsch, sich wiederzusehen, größer als die Gefahr, die damit verbunden war.

Am Ende des Sommers konnte es nicht mehr der Strand sein, wo sie sich trafen. Inzwischen waren sie sich menschlich so nahe gekommen, und das gegenseitige Vertrauen war so groß geworden, dass sie die für sie sinnlosen Verbote und Risiken so weit wie möglich ignorierten. Felix Verlangen, die Zeit zwischen den Feindfahrten mit Claudine zu verbringen, wurde durch die Ungewissheit verstärkt, ob er gesund oder lebend von den Feindfahrten zurückkehren konnte. Das Verlangen, das Leben zu leben, so lange es möglich war, teilten die beiden jungen Menschen miteinander. Jeder neue Tag brachte unkalkulierbare Gefahren. Sie fühlten sich gleichermaßen verantwortlich für das, was sie taten, als auch für das, was sie nicht taten.

Am Ende des Sommers trafen sie sich heimlich in der Nähe der Boulangerie in einem Zimmer eines verlassenen Hauses, das nur zu einem Teil von einer Bombe zerstört war. Die alte Holztreppe, an einigen Stellen geschwärzt vom Feuer, war noch begehbar und führte in die zweite Etage, in der zwei Zimmer mit intakten Fenstern waren. Elektrisches Licht und fließendes Wasser fehlten. Auch eine Heizung war nicht mehr vorhanden. Dafür standen allerdings noch einige Möbelstücke in den Zimmern.

So oft wie nur möglich verbrachten Felix und Claudine ihre Zeit miteinander auf ihrer „Insel", wie sie ihr Versteck nannten, fernab vom Sturm des Krieges und den Wellen aus Verdacht, Verrat und des gegenseitigen Misstrauens der Menschen.

Es hatte angefangen zu regnen, als sich Felix wieder auf dem Weg zu ihrer gemeinsamen ‚Insel' befand. Er hatte den Kragen seiner Uniformjacke hochgeschlagen und bedeckte seinen Kopf mit einem Schal. Glücklicherweise begegnete er kaum irgendwelchen Menschen. In Uniform fiel er unter den Zivilisten auf. Zunächst führte ihn sein Weg in die Boulangerie, um sich mit Essbarem zu versorgen und um jeden Verdacht von sich abzulenken. In seiner Uniformjacke hatte er eine Flasche Rotwein, die er von seinem Kameraden aufgrund einer gewonnenen Wette erhalten hatte.

In der Boulangerie konnte er feststellen, dass Claudine schon in ihrem Versteck sein musste.

Als er vor dem beschädigten Haus stand, vergewisserte er sich zunächst, dass er nicht gesehen worden war. Dann stieg er die Holztreppe empor und versuchte ein Knarren der alten Stufen zu vermeiden. Bevor er die Wohnungstür öffnete, lauschte er noch einmal in den leeren Flur hinein. Alles war still.

Claudine hatte das Fenster mit einem Tuch zugedeckt und zündete eine Kerze an, als Felix das Zimmer betrat. Sie umarmten und küssten sich. Die Zeit seines Einsatzes schien der Frau unendlich lang gewesen zu sein. Endlich hatte sie ihn gesund und wohlbehalten zurück. Für beide war ihre Beziehung kein flüchtiges Abenteuer mehr. Aus Freundschaft war Liebe geworden, die sie sich durch die Umstände des Krieges mit all den widrigen Begleitumständen nicht nehmen lassen wollten. Beide fanden auf diese Weise, was ihnen in ihrem jungen Leben fehlte.

Sie wollten den Rest des Tages und einen Teil der Nacht zusammen verbringen.

Felix musste erst gegen sechs Uhr wieder in seiner Unterkunft sein. Ihre Hoffnung, dass in dieser Nacht ein Fliegeralarm ausblieb, erfüllte sich.

Bevor Felix Claudine verlassen musste, verabredeten sie sich für die nächsten Tage und Nächte, denn U-Boot Fahrer wurden während der Zeit zwischen den Feindfahrten von dienstlichen Verpflichtungen weitgehend verschont. Schon eine Woche später stand der Termin für Felix nächste Feindfahrt fest. Und jedes Mal fiel der Abschied schwerer. Auch das Wissen um die zunehmende Zahl der Vernichtungen deutscher U-Boote im Atlantik machte den Abschiedsschmerz der Liebenden größer.

Am 8. November verließ das VIIC Boot den schützenden Bunker von *Lorient*. Obwohl an Land Soldaten, Marinehelferinnen und auch einige Zivilisten winkten, konnte Felix keinen Blick aus der Stahlröhre werfen. Im Kommandoturm standen die Wachhabenden, der Kommandant und zwei Offiziere, um das Abschiedszeremoniell entgegenzunehmen. Felix hatte sich aus Sicherheitsgründen gewünscht, dass Claudine an einer Verabschiedung an der Pier nicht teilnahm.

Allerdings trug Felix den Abschiedsbrief mit einem Foto seiner Liebsten bei sich, den Claudine ihm im letzten Augenblick ihres Beisammenseins zusteckte.

Sobald das U-Boot die schützende *Ile de Groix* und die Begleitfahrzeuge hinter sich gelassen hatte, befahl der Kommandant den ersten Tauchversuch. Das bot sich an, um sich vor feindlichen Flugzeugen in die schützende Tiefe zu begeben solange das Tageslicht noch anhielt.

Immer wieder kam es vor, dass Informationen über Werftarbeiter an die Résistance gelangten und dann weiter an feindliche Einheiten weitergegeben wurden. Folglich waren Flugzeuge da, die auslaufende und rückkehrende U-Boote angriffen.

Erst bei Dunkelheit lief das Boot über Wasser seinem Operationsgebiet entgegen.

Für die meisten Besatzungsmitglieder, so auch für Felix, war im Rumpf des Bootes ein Unterschied zwischen Tag und Nacht nur durch die Uhr festzustellen. Der gleiche Rhythmus von Wache und Freigang machte das Tagesgeschehen aus, jedenfalls so lange die Gefechtstationen unbesetzt blieben und kein Ruf „ALARM!!!" durch das Boot hallte.

Felix teilte sich seine Koje im vorderen Torpedoraum mit seinem Kameraden Benno Schuster. Irgendwann nach einer nervenaufreibenden Verfolgung mit Wasserbomben, der sich der Kommandant geschickt entziehen konnte, war Felix während der Schleichfahrt auf seiner Koje eingeschlafen und hielt Claudines Foto mit beiden Händen umschlossen. Dennoch konnte sein Kamerad Benno erahnen, dass es sich bei dem Bild um mehr als nur eine flüchtige Affäre mit einem französischen Mädchen handelte. Ihm vertraute Felix schließlich das Geheimnis seiner Beziehung zu Claudine an.

Die Anspannungen während der Feindfahrten wurden umso größer, je intensiver Felix Beziehung zu Claudine wurde. Dabei war nicht nur die Furcht um sein eigenes Leben der Grund, sondern auch die Sorge um seine Freundin in *Lorient*. Felix wusste, dass die Stadt regelmäßig von britischen Bombern heimgesucht wurde. Seit einiger Zeit war nicht nur die U-Boot

Basis das Hauptziel der Angriffe. Die deutschen Befestigungsanlangen waren nicht nur in *Keroman* zu finden. Entlang des *Scorff*, jener breiten Flussmündung, wo er sich mit dem *Blavet* vereinigt, hatte man weitere Bunkeranlagen gebaut, was den britischen Militärs nicht verborgen blieb. Man versuchte schließlich, die Versorgung der U-Boote mit Torpedos, Munition, Treibstoff und Lebensmitteln zu unterbinden.

Nach 51 Tagen auf See kam endlich der Befehl zum Rückmarsch. Noch lag die Biskaya vor ihnen, und der Besatzung war bekannt, dass man sie als U-Boot Falle bezeichnete. Die Begegnung mit Fregatten und Zerstörern war weniger zu erwarten. Die U-Boot Besatzungen fürchteten die Minen, die von den Engländern gelegt worden waren, und die überraschenden Angriffe aus der Luft. Auch einige mit Funk ausgerüstete Fischerboote arbeiteten mit den Engländern zusammen und riefen die Bombenwerfer herbei, sobald ein Boot auslief oder zurückkehrte.

So manches Boot mit seiner kompletten Mannschaft wurde seit 1940 Opfer dieser Strategie. Erst die Nähe der Flugzeugabwehr durch die Flak auf der Westspitze der *Ile de Groix* und das Erscheinen eines Begleitbootes sorgte für etwas mehr Sicherheit.

Vollkommen geschützt war das Boot allerdings erst im Bunker von *Keroman*.

Mit der Sehnsucht nach der Möglichkeit, die Vorzüge der Zivilisation zurückzuhaben, vor allem was die sanitären Bedingungen anging, ziemlich erschöpft und mit hoffnungsvollem Optimismus verließ Felix Baumann das Boot nach dem militärischen Abschiedszeremoniell.

Durch die Geheimhaltung konnte Claudine noch nichts von seiner Rückkehr wissen. Seine Körperpflege hatte Vorrang vor seinen seelischen Bedürfnissen, denn während der Einsätze kam die Hygiene deutlich zu kurz. Erst am folgenden Tag wollte sich Felix wieder zur Boulangerie begeben, um sich unter dem Vorwand der Versorgung bei ihr zurückzumelden.

Vorher hatte er sich vergewissert, dass an den Gebäuden in der Nähe kein Schaden entstanden war.

„Une baguette et deux croissants", sagte er zu der Frau hinter dem Tresen. Claudine bediente eine andere Kundin. Mit dem Eintritt in die Boulangerie erhellte sich das Gesicht seiner Freundin. Mehr als deutlich zu Lächeln und den Blickkontakt aufzunehmen, wagte sie nicht.

Erst zwei Stunden später schlossen sich Claudine und Felix auf ihrer „Insel" in die Arme. Für eine gewisse Zeit konnten sie den Krieg ausblenden und nur füreinander da sein. Sie lagen aneinander geschmiegt und blickten in den blauen Winterhimmel.

„Wie lange wird der Krieg noch dauern?"

Das war eine Frage, die sich beide stellten und die keiner beantworten konnte. Sie schwiegen.

„Wie soll es weitergehen?"

Als Felix diese Frage gestellt hatte, richtete sich Claudine auf, und sie blickten sich lange an. Dann sah Felix, wie sich Claudines Augen mit Tränen füllten. „War das eine falsche Frage? Ich möchte, dass wir zusammenbleiben und unsere Liebe und unser Leben leben können."

„Das ist es nicht", antwortete Claudine. „Ich erwarte ein Kind."

In Felix prallten Gefühle so aufeinander, wie er es noch nie erlebt hatte. Auf der einen Seite war es die Gewissheit, etwas zu haben, das ihn für immer an seine geliebte Freundin band. Es war das auf eine schöne gemeinsame Zukunft weisende Gefühl, so wie er es sich wünschte. Auf der anderen Seite war es die Ohnmacht gegenüber einer Welt, die nur aus Gegnern bestand, die das Glück der beiden Liebenden nicht duldeten. Für ihn war es das Verbot, sich mit der einheimischen Bevölkerung „einzulassen". Darauf standen hohe Strafen, bis zur Todesstrafe durch Hochverrat. Für sie war es die Résistance, die nicht vor Strafen zurückschreckte und Frauen, die sich mit dem Feind einließen, öffentlich demütigten, indem sie ihnen die Haare kurz schnitten oder sogar in einen Fluss warfen.

Er war nicht in der Lage, in diesem Gefühlsdilemma etwas zu sagen. Er nahm Claudine in die Arme, presste sie an sich und küsste sie.

„Wir werden einen Weg finden, gemeinsam, je t'aime", flüsterte er und legte die Hand auf ihren Bauch.

Sie mussten und wollten sich in den darauf folgenden Tagen so oft sehen, wie sie nur konnten. Dennoch war ihnen bewusst, dass der Tag des erneuten Abschieds näher rückte. Nur kurz flammte für Felix der Gedanke auf, gemeinsam die Flucht zu ergreifen. Das, so meinte er, käme einem Leben in Angst und Schrecken und wahrscheinlich einem Selbstmord gleich.

Dann stand er wieder mit seinem Seesack vor dem mächtigen U-Boot Bunker in *Keroman* – allein.

Durch eine schwere Beschädigung des U-Boots während eines Luftangriffs westlich des Kap Finisterre in Spanien war der

Kommandant gezwungen, statt des Rückmarsches nach *Lorient* den U-Boot Stützpunkt von *La Rochelle* anzulaufen, da das Boot tauchunfähig war. Eine gefährliche Überwasserquerung der Biskaya hätte mit Sicherheit den Verlust des Bootes und der Mannschaft bedeutet. Mit Enttäuschung nahm die Bootsbesatzung die Nachricht auf, dass sich die Rückkehr nach *Lorient* um mehrere Monate verzögern würde. Mehrere Monate – für Felix war das eine niederschmetternde Verzögerung, kein Weihnachtsfest und keinen Kontakt mit Claudine.

Während des Aufenthaltes in *La Rochelle* erfuhr Felix vom großen Luftangriff auf die U-Boot Basis in *Lorient* am 26. November. Die Ungewissheit um das Leben seiner Freundin und seines ungeborenen Kindes trieb in fast zum Wahnsinn. Er nahm seine Umgebung wie in Watte getaucht wahr und konnte sich nicht an den oft ausschweifenden Gesprächen und Unternehmungen seiner Kameraden, die zur Kompensation des Frustes der U-Boot-Fahrer während der Fahrt und später an Land stattfanden, beteiligen. Der einzige, der seinen Trübsinn verstand und ihn während des Zwangsaufenthaltes in La Rochelle auf seinen Spaziergängen durch die Altstadt und entlang der Küste begleitete, war sein Kamerad Benno, den er ins Vertrauen gezogen und dem er seine Beziehung zu Claudine gebeichtet hatte.

Nach genau achtzig Tagen war der Turm des Bootes wieder soweit repariert, dass der Auslauftermin nach *Lorient* feststand: es war der 25. Februar 1943.

Aus Südosten kommend war die Gefahr, einem feindlichen Flugzeug oder gar einem Überwasserschiff zu begegnen, geringer. Dennoch ließ der Kommandant während des Tages tauchen und setzte die Fahrt bei Nacht über Wasser fort.

Die Kommandantur war über das Eintreffen informiert und schickte einen Sperrbrecher, um das Boot vor Minen zu schützen.

Es war kurz nach Mitternacht, als das Boot im Bunker von *Lorient* festmachte, und die Mannschaft nach kurzem Zeremoniell sich mit einem Mannschaftswagen zu ihrem U-Boot Heim fahren ließ. Deutlich waren die Zerstörungen an Häusern zu sehen, die vor Monaten noch standen. Brandgeruch lag in der Luft. Was würde ihn in der Stadt erwarten? Felix war aufgeregt; noch musste er warten, bevor ihm Gelegenheit geboten wurde, sein Quartier zu verlassen.

Erst am Nachmittag des folgenden Tages begab er sich mit seinem Freund Benno in die Stadt. Die vergangenen Kriegswochen hatten deutliche Spuren hinterlassen. Sein Entsetzen steigerte sich, als er in die Straße abbog, in der er die Boulangerie erhoffte. Trümmer – große Teile der Häuserzeile waren vernichtet. Durch die Gesteinshalden war der genaue Standort der Boulangerie nicht mehr zu erkennen.

Wann sind die Bomben gefallen? Waren Personen in dem Gebäude? Wo war Claudine? Hatte sie überlebt? Die Fragen schwirrten in Felix Kopf. Ihm wurde schlecht, und er musste sich übergeben.

An erster Stelle wollte er sich Gewissheit verschaffen. Wen konnte er fragen, ohne dass er verdächtigt wurde, mit dem Feind Kontakt zu pflegen? Die Menschen, die in den Trümmern nach Habseligkeiten suchten, kannte er nicht. Kontakt zu offiziellen Stellen war nicht möglich. Plötzlich schöpfte er Hoffnung! Nur einige hundert Meter entfernt lag das Inselversteck. Dort gab es eine Möglichkeit, Claudine zu finden.

Ein Stein fiel ihm vom Herzen, als er sah, dass das Gebäude weitgehend unversehrt war. Er ging zusammen mit seinem Kamerad dorthin. Auf dem Weg verriet er ihm sein Liebesnest und bat ihn, nicht wegzugehen und Wache zu schieben.

Felix stieg die Treppe empor, fand aber nur verlassene Räume vor. Kein Lebenszeichen. Die Fensterscheiben ihres Verstecks waren zerborsten. Ihm wurde sofort klar, dass seit Tagen niemand die Zimmer betreten haben konnte, denn es fanden sich keine Spuren im Staub auf dem Fußboden. Felix eilte nach draußen zu dem wartenden Benno Schuster.

„Nichts", sagte er, „ich bin verzweifelt. Ich will zurückgehen und in der Nähe der Boulangerie suchen. Alleine, zu zweit ist das zu auffällig."

Außerhalb seiner Dienstzeit begab sich Felix erneut in die zerstörte Gegend der Stadt.

Er fand eine junge Frau in der Nähe der Stelle, wo sich die Boulangerie befunden hatte. Offenbar suchte sie nach etwas. Als er näher kam, erkannte er die Verkäuferin aus der Boulangerie, in der Claudine gearbeitet hatte. Sie blickte ängstlich in alle Richtungen und kam auf ihn zu. Sie deutete ihm an, dass sie kaum Deutsch sprechen würde.

„Je suis Ginette Leclaire. Je suis une copine de Claudine."

"Je sais, ou est Claudine?"

Sie sprach leise und machte Felix klar, dass sie sich an ihn erinnern würde und von seiner Beziehung zu ihrer Freundin wusste.

„Je suis très desolée, mais …" Sie machte eine Pause, senkte den Blick und hatte Tränen in den Augen.

„Was ist passiert, wo ist Claudine?"

Total verängstigt, entdeckt zu werden, tat die junge Frau so, als würde sie weiter in den Trümmern suchen. Dabei machte Ginette Leclaire ihm in sehr langsam gesprochenem Französisch mit vielen erläuternden Gesten verständlich, dass sie Claudine Wochen lang nicht gesehen hatte.

„Plötzlich ist ein junges Mädchen da gewesen. Sie hat mir mitgeteilt, dass es Claudine sehr schlecht ginge, und es ihr nicht möglich wäre, ihr Wochenbett zu verlassen. Sie sei nicht in der Lage, dem Säugling die entsprechende Fürsorge zukommen zu lassen. Der Säugling befände sich in der Obhut des Roten Kreuzes von *Lorient* bei einer Krankenschwester. Claudine würde sich wieder bei mir melden. Plötzlich heulten die Sirenen wegen eines erneuten Luftangriffs." Immer wieder schaute sich Ginette Leclaire um und vergewisserte sich besorgt, dass sie nicht beobachtet wurde. „Deshalb war für weitere Erklärungen oder Rückfragen keine Zeit", fuhr sie fort. „Ich blickte dem Mädchen nach, das sich schnell umdrehte und in Richtung Boulangerie lief. Der Luftangriff hatte nur fünf Minuten gedauert. Die Boulangerie, die nur wenige hundert Meter entfernt lag, war danach zerstört."

Ginette grub weiter mit ihren Händen in den Trümmer. „Ich weiß nicht, ob das Mädchen den Luftangriff überlebt hat, denn ich bin auch gelaufen, so schnell ich konnte. Auch von Claudine habe ich seit der Zeit nichts mehr gehört. Sie war verschwunden."

Ginette wusste um die Gefahr, die für sie und das Kind bestand, weil Claudines Bruder und Vater Widerstandskämpfer waren. Sie durften unter keinen Umständen erfahren, was geschehen war.

„Ich glaube, dass es das Beste für das Leben des Kindes war, es zum Roten Kreuz zu geben," sagte Ginette, „wenn Claudine etwas zugestoßen ist, wäre das Kind als Vollwaise ohne Identität aufgewachsen." Aus ihren Worten klang die Vermutung, dass Claudine bei dem Bombenangriff ums Leben gekommen sein konnte. Sie wollte es nur nicht so deutlich aussprechen.

Sie schlug Felix vor, bei der deutschen Verwaltung nachzufragen, da sie befürchtete, dass sie, wie ein Großteil der Bevölkerung, in Kürze aus *Lorient* evakuiert werden würde.

Felix nahm nervös einen Papierschnipsel entgegen, auf dem in kaum lesbarer Schrift stand: *„Croix Rouge, Michel."* Es war nicht Claudines Schrift. Felix bedankte sich und verließ Ginette, ohne sich noch einmal umzudrehen.

Niemand hatte offensichtlich Claudine nach dem Bombenangriff gesehen, weder lebendig noch tot. Solange man sie nicht gefunden hatte, ging Felix davon aus, dass sie noch lebte. Er konnte nicht glauben, dass sie ihr und sein Kind im Stich lassen würde.

Machten der Krieg und das ständige Bewusstsein, mit dem Tod und der Vernichtung leben zu müssen, stumpf? Felix Suche nach jeglicher Möglichkeit, das Inferno zu überleben, schien erfolglos. Entstehende Verlustgefühle betäubten jede Hoffnung. Es schien, als habe der Krieg seine Liebe getötet, und das in doppeltem Sinn. Die Hilflosigkeit weckte Schuldgefühle in Felix. Deshalb wollte und musste er alles versuchen, um sie zu finden oder zumindest Gewissheit zu bekommen!

Unter einem Vorwand konnte er von der zuständigen deutschen Militärbehörde das „croix rouge" mit deutschen Krankenschwestern ausfindig machen. Felix wandte sich an eine von ihnen. Auf ihrem Uniformschild stand: Elisabeth Michels. Als er sich vorstellte, nahm sie ihn vertraulich an die Seite. Sie schien die Person in jener Sanitätsstation des Roten Kreuzes am Rande der Stadt zu sein, auf die sein Zettel hinwies. Sie war nicht viel älter als Felix. Da sie ihm von einem Kind berichtete, das in ihre Zuständigkeit gegeben wurde, zog er Elisabeth Michels ins Vertrauen. Sie war die einzige Chance, die er nutzen konnte. Möglicherweise konnte sie ihm weiterhelfen und wusste auch über den Verbleib von Claudine.

Sie erklärte Felix: „Ein französischer Arzt – ich versprach seinen Namen aus Sicherheitsgründen niemandem zu nennen – hat mir den Säugling anvertraut und bestätigt, dass es das Kind von Claudine Lamarque sei. Er sagte mir, dass der Zustand seiner Mutter kritisch sei, sie nicht für das Kind sorgen könne und unter Umständen nicht mehr lebte. Der Arzt hat mich gebeten, den Kleinen in meine Obhut zu nehmen. Da ich wegen seiner Hilfe in einer anderen Gelegenheit in seiner Schuld stand, habe ich eingewilligt. Er versprach, mir Nachricht zu geben, wenn sich die Situation in irgendeiner Form zum Besseren entwickeln würde."

„Hat er den Vater des Kindes erwähnt?" wollte Felix wissen.

„Er deutete an, dass es sich um einen deutschen Soldaten handele und dass deshalb auch Gefahr von Seiten der Résistance bestehe. Ich gehe davon aus, dass Sie dieser deutsche Soldat sind." Felix nickte deutlich. Er hatte es geschafft, seinen Sohn ausfindig zu machen.

Bei einer günstigen Gelegenheit schaffte es die Krankenschwester, den Säugling zu holen und ihn Felix zu zeigen. Der Anblick des Säuglings, seines Sohnes, überwältigte seine Gefühle. Er weinte vor Trauer und Freude. Diese emotionale Reaktion hatte Elisabeth Michels in dieser Intensität nicht erwartet. Da musste es mehr geben als nur eine Anteilnahme am Schicksal des Kindes. Sie zweifelte nicht an seiner Vaterschaft.

„Sein Name ist Uwe." Felix hielt den Säugling liebevoll in seinen Armen. „Ich werde alles tun, um ihm ein guter Vater zu sein."

Elisabeth Michels erkannte, dass es nicht bei dem einmaligen Besuch des Soldaten bleiben würde.

Auch in den folgenden Tagen erfuhr Felix nichts von Claudine, obschon er mehrmals ihr gemeinsames Versteck aufsuchte. Er nutzte das Durcheinander in der Stadt, die durch die Evakuierung der Bevölkerung in einer gewissen Auflösung begriffen war. Darum fiel es ihm nicht schwer, ohne großes Aufsehen, den Kontakt zu Elisabeth Michels und zu seinem Sohn aufrecht zu halten.

Er wollte seine Zeit nutzen, um vor dem nächsten Einsatz zumindest eine Lösung für sein Kind zu finden. Er wollte seinem Sohn ein ungewisses Schicksal, womöglich in einem Waisenhaus, ersparen. In dem Bewusstsein, eventuell von der nächsten Feindfahrt nicht lebendig zurückzukommen, sah er es als seine Vaterpflicht an, für seinen Sohn zu sorgen und alles, was in seiner Macht stand, zu tun, um die Existenz seines Sohnes zu sichern.

Als Benno Schuster ihm die Genehmigung seines Urlaubsantrags zeigte, sah Felix ein schwaches Licht am Ende eines bisher dunklen Tunnels. Ausgerechnet sein Freund Benno war der Grund für einen Plan, das Kind nicht einfach seinem Schicksal zu überlassen und sich „aus dem Staub zu machen". Er wollte sich seiner Verantwortung nicht entziehen; und im Gedenken an Claudine sah er es als seine Pflicht an, für ein angemessenes Leben seines Sohnes sorgen. Das war er ihr schuldig, egal, ob sie tot war oder womöglich noch lebte. Es gab für ihn immer noch den Funken Hoffnung, sie wiederzusehen.

Das Rote Kreuz hatte doch die Möglichkeit, Transportpapiere für deutsche Familienmitglieder zu beschaffen.

Ein langes Gespräch mit Elisabeth Michels, die Mitleid mit Felix und dem Kind hatte, führte dazu, dass sie sich um die Verwirklichung der Kindesüberführung nach Deutschland bemühen wollte.

Es war leicht, seinen Freund Benno in den Plan einzubeziehen. Felix erfuhr nur zwei Tage vor seiner nächsten Feindfahrt, dass Elisabeth die nötigen Papiere besorgt hatte, es ihr aber nur möglich war, das Kind bis Paris zu begleiten. Dort konnte sie es einer verlässlichen Kollegin übergeben, die es zusammen mit Benno Schuster nach Deutschland bringen würde. Über die Versorgung des Kindes müsse er sich keine Sorgen machen, darum würde sich das Rote Kreuz kümmern. Bennos Aufgabe war es, in Deutschland für die Aufnahme des Kindes bei Felix Eltern zu sorgen.

Felix Eltern lebten auf dem Lande zwischen Köln und Aachen, und Felix war sich sicher, dass sie das Kind aufnehmen würden, bis er zurückkäme. Felix teilte seinem Freund alles Wesentliche mit und gab ihm einen langen Brief für seine Eltern, in dem er ihnen die Umstände erklärte, warum sie so unerwartet Großeltern geworden waren. Begleitet von der Hoffnung, dass alles gut gehen und er sein Kind irgendwann wiedersehen würde, erlebte Felix noch vor seinem nächsten Einsatz die Abreise seines kleinen Sohnes in der Obhut von Benno Schuster.

Als er an Bord seines Bootes zurückkehrte, wirkten die hohen Betonwände der U-Bootbunker, die eigentlich zur Sicherheit gebaut worden waren, bedrohlicher und trostloser als je zuvor auf Felix und spiegelten den Geist der Zeit wider.

Cité de la Voile Eric Tabarly

„Die hohen grauen Betonwände wirken bedrohlich und spiegeln noch heute den Geist der Zeit wider, als die Boote einst von hier zur Atlantikschlacht ausliefen", sagte Birgit, als sie mit Nicole vor den U-Bootbunkern stand.

„Ich bin froh, dass ich zu dieser Zeit noch nicht gelebt habe", antwortete Nicole.

„Dass heute das gesamte Gelände einen musealen Charakter bekommen hat, und es durch die Verbindung mit dem Segelsport auch seine Zielsetzung verloren hat, stimmt irgendwie versöhnlich." Sie blickten auf die großen Katamarane, die futuristisch anmutenden Gebäude der *Cité de la Voile Eric Tabarly*, die einen wahren Kontrast zu den tristen U-Bootbunkern des 2. Weltkriegs boten, und Segelboote, die hier in einem Yachthafen an den Stegen lagen und ein Urlaubsgefühl und die Begeisterung für den Wassersport wachriefen. Gegenüber befand sich der große Yachthafen von *Kernevel* hinter den verrosteten Überresten der Wracks der zum Schutz der Einfahrten in die Bunker versenkten SMS Stralsund und SMS Regensburg.

Die beiden Frauen schlenderten an den Bunkeranlagen vorbei, passierten die *Flore*, ein U-Boot der französischen Marine, das zur Besichtigung im Trockendock lag, und blickten in die riesigen Kammern, in denen die einstigen Front U-Boote zur Reparatur und Nachrüstung lagen.

„Hier hat mein Schwiegervater im Krieg seinen Dienst tun müssen."

„Davon musst du mir erzählen", sagte Nicole.

Birgit zeigte ihr zwei Schwarzweißfotos, die sie in ihrer Handtasche bei sich trug. Darauf sah man ihren damals 20jährigen Schwiegervater mit einigen Kameraden vor der Zitadelle von *Port Louis.*

Birgit konnte sich an die Gespräche mit ihrem Schwiegervater erinnern, als er von seiner „Zeit am Atlantik" gesprochen hatte. Er erzählte vom Wechsel aus angenehmen Stunden der Landgänge und Freizeiten und den furchtbaren Bedingungen, unter denen so viele U-Boot Fahrer im Laufe des Krieges immer mehr litten. Diese Erinnerungen wurden für Birgit lebendiger angesichts der historischen Umgebung, in der sie sich jetzt befand. Ihr Schwiegervater hatte immer nur kurz von der Kriegszeit gesprochen, ein Phänomen, das für viele Zeitzeugen des 2. Weltkriegs galt. Es gelang der nachfolgenden Generation kaum, Details von den Erlebnissen damaliger Zeitzeugen zu erfahren. Erzählungen blieben immer nur oberflächlich.

Mit Interesse blätterte Birgit in einem Bildband, der sich in den Auslagen des Museumsladen befand. Fotos von Booten, Kommandanten und Offizieren und dem Oberbefehlshaber Dönitz waren zu sehen. Dass sie ein Foto ihres Schwiegervaters hier fand, war unwahrscheinlich, da er als Maat nicht zu den damals nennenswerten Persönlichkeiten zählte. Dennoch blieb sie gedanklich in der Zeit, als ihr Schwiegervater hier seinen Dienst tat.

„Wenn er einmal von den gefährlichen Feindfahrten erzählte, konnte man nur einen groben Eindruck von den schlimmen Verhältnissen auf den Booten und zum Teil vom Leben in *Lorient* zur damaligen Zeit gewinnen. Das Einzige war, dass man ihm sogar nach ungefähr fünfzig Jahren die Rührung anmerken konnte, wenn er davon erzählte."

Die beiden Frauen wollten sich nicht gedanklich in der Vergangenheit verlieren. Darum lud Nicole Birgit zu einem *Café crème* ins Bistro auf dem Museumsgelände ein. Hier saßen sie mit Blick auf die Yachthäfen windgeschützt und unter Palmen, die man in großen Kübeln auf der Terrasse des Lokals aufgestellt hatte. Trotz des noch wirksamen Eindrucks der Denkmäler der deutschen Kriegsgeschichte kehrten sie allmählich in die Gegenwart zurück, und es stellte sich wieder das Urlaubsgefühl ein.

Vor ihnen lagen die großen Meerrumpfboote, auf denen fleißige Menschen arbeiteten, um ihre Boote für Regatten vorzubereiten. Die Multicoques trugen die Aufschriften ihrer Sponsoren. Etwas entfernter blickte man auf den Mastenwald der Marina von *Kernevel*.

Da Nicole wieder zurück zur Redaktion fahren musste, brachte sie Birgit zurück nach *Larmor Plage*, wo ihr Wagen stand.

Als sich die Frauen verabschiedet hatten, wollte Birgit ein kleines Präsent für ihre Vermieterin Madame Lanec besorgen und noch einmal – das phantastische Sommerwetter ausnutzend – an der Strandpromenade entlanggehen, um einen Blick aufs Meer, auf die Hafeneinfahrt mit der Zitadelle von *Port Louis* und die *Ile de Groix* zu werfen. Sicherlich unterlag sie auch ein wenig der heimlichen Neigung, fremde Leute zu beobachten. Sie setzte sich auf die kleine Mauer, die den Sandstrand zur Promenade hin abgrenzte. In den Nachmittagsstunden war der Strand voll mit sonnenhungrigen Badegästen jeglichen Alters. Hinter ihr waren die Terrassen der Strandlokale voll.

Birgit genoss es, nicht auf die Uhr schauen zu müssen. Sie erfreute sich im Nachhinein an den Gesprächen mit Nicole und war gleichzeitig auch froh, wieder allein zu sein und ohne Rücksicht auf andere frei entscheiden zu können, wie sie ihre Zeit einteilte. Niemand wartete auf sie. Sie hatte über „Entschleunigung" gelesen und spürte jetzt genau, was der Autor damit meinte. Sie fühlte sich wie die Segelboote, die in einiger Entfernung an ihr vorbeizogen im leichten Wind, beständig aber geräuschlos. Eigentlich merkte man ihre Bewegung nur, wenn man sie eine Weile beobachtete. Sie konnte sich genauso leicht treiben lassen.

Birgit kam es so vor, als sei ihr Urlaub ein Traum, in dem sich die unliebsamen Ereignisse während der letzten Jahre zu entfernen und durch den zeitlichen Abstand zu verblassen schienen. Träume waren wie das Licht am Ende eines dunklen Tunnels, durch den man geht. Man sieht das Licht und gewinnt eine richtungweisende Hoffnung. Durch die zur Verfügung stehende Zeit gelang es ihr, in die Tiefe des Innenlebens zu gehen und sich auf Positives zu konzentrieren. Ihr Reiseziel gab ihr das, was sie zu Hause nicht hatte und im Grunde ihres Herzens vermisste. Die eigene Dynamik der bretonischen Landschaft mit dem veränderten Bild im Rhythmus der Gezeit verhalf ihr zu einer magischen Einstellung, die ihr im Alltag abhanden gekommen war.

Birgit war in ihrer Mitte angekommen.

Auch die Zeit wurde relativ. In diesem Urlaub brauchte sie ihre Zeit nicht ‚totschlagen'. Sie hatte die „Zeit, die ihre Wunden heilte". Vor fünf Jahren, kurz nach dem tragischen Unfalltod ihres Mannes, hatte sie nicht gewusst, wie sie ohne ihn ihr Leben gestalten sollte. Ihr Sohn Lars und gute Freunde gaben sich damals alle Mühe, um ihr über den Verlust des geliebten und vertrauten Menschen hinwegzuhelfen. Alles, was Birgit zusammen mit ihrem Mann aufgebaut hatte, erinnerte sie an Uwe. Manchmal kam es ihr vor, als wäre er noch da, als würde plötzlich die Tür aufgehen, und er beträte das Zimmer. Erst im Laufe der Zeit hatte sie Abstand gewonnen zu diesen schmerzlichen Vorstellungen. Den Gedanken der Endgültigkeit und einen Schlussstrich unter das gemeinsame Leben ziehen, das wusste sie, könnte sie wohl nie. Es gab Momente, in denen Uwe präsent war, in denen sie ihn gerne wieder bei sich gehabt hätte. Es waren die Augenblicke, in denen sie sich glücklich fühlte und dieses Glück mit einem ihr nahen Menschen geteilt hätte.

Birgits Blick nach hinten auf die Besucher der Lokalitäten der Strandpromenade von Larmor Plage erinnerten sie an einen Ausspruch Winston Churchills: „Man muss dem Leib Gutes tun, damit die Seele Lust hat, darin zu leben."

Im Grunde hatte sie ihre Seele in den letzten Jahren nie wahrgenommen, ihr auch keine Aufmerksamkeit geschenkt. Jetzt, da sie ihr inneres Gleichgewicht gefunden hatte, stellte sie fest, dass sie Raubbau an ihrer Psyche betrieben hatte. Sie hatte ihre Seele an ihre Umwelt verpachtet und dabei vergessen. Jetzt schien es ihr, als sei dieser Pachtvertrag abgelaufen.

Sie stand auf und ging in die Richtung eines Restaurants. Tatsächlich fand sie einen freien Tisch, an den sie sich setzte, studierte die Speisekarte und bestellte eine Portion *Crevettes roses* und ein Glas *Muscadet*.

Birgit suchte in ihrer Umhängetasche nach ihrem Handy, um ihrem Sohn per SMS ein Lebenszeichen zu schicken. Sie wollte, dass er wusste, wie gut es ihr ging. Schon seit seiner frühen Kindheit informierten sich die Familienmitglieder gegenseitig, wo sie waren und wie es ihnen erging. Dabei genügte eine knappe Nachricht, um alle in Sicherheit zu wiegen und unnötige Sorgen zu vermeiden. Das Gefühl einer Kontrolle wurde durch begründete Selbstverständlichkeit unterdrückt und machte das Leben um so Vieles leichter.

Die Begegnung

Dass Birgit Baumann nach zwölf Urlaubstagen relativ frei von Routinen war, abgesehen von den täglich wiederkehrenden Notwendigkeiten, verbuchte sie auf der Habenseite ihrer Ferienbilanz. Der Raum für das Entdecken von Neuem, das Erforschen von Unbekanntem und die Zwanglosigkeit durch die zur Verfügung stehende Zeit hatte zweifellos den Erholungswert vergrößert. Hinzu kam das Wiedersehen mit Nicole Fabre. Grundsätzlich war Birgit mehr als sonst dazu bereit, sich von jedem neuen Tag überraschen zu lassen.

Als Birgit den Sommertag im Strandcafé von *Larmor Plage* genoss und gerade damit beschäftigt war, sich einen passenden Text für ihre SMS zu überlegen, wanderte ihr Blick auf die besetzten Tische des Nachbarlokals. Hinter einer trennenden Glasscheibe konnte sie sehen, dass auch dort fast alle Tische besetzt waren, und mehrere Serviererinnen und Kellner ihre Gäste bedienten.

Plötzlich blieb ihr Blick an einer männlichen Person hängen. Sie glaubte ihr Herz bliebe stehen. Sie traute ihren Augen nicht. Es war unmöglich, dass die Launen der Natur so etwas zustande brachten. Sie fühlte, wie sich ihr Herzschlag erhöhte und konnte den Blick nicht mehr abwenden. Es war, als würde es nur noch sie und diesen Mann geben, einem Ebenbild ihres verstorbenen Gatten Uwe.

Der Doppelgänger ihres Mannes verließ mit einem Tablett leerer Gläser die Terrasse und brachte es zurück in das Innere des Nachbarlokals. Wie benommen registrierte sie, dass mittlerweile ihre Bestellung serviert wurde und die Serviererin einen *„bon appétit"* wünschte.

Mechanisch begann Birgit die Garnelen zu schälen und die Baguettestückchen mit Butter zu bestreichen. Sie konnte den Blick kaum vom Geschehen im Nachbarrestaurant abwenden. Die Leichtigkeit des Urlaubstages schien verloren gegangen zu sein.

Birgit war nicht mehr in der Lage, sich auf ihr Essen zu konzentrieren und es zu genießen. Die Ablenkung durch die unerwartete Erscheinung des Doppelgängers ließ ihr keine Ruhe und fesselte ihren Blick.

Hatte sich Birgit nach dem Tode ihres Mannes vor fünf Jahren eine Fassade der Selbstsicherheit aufgebaut, um ihr privates und berufliches Leben meistern zu können? Es kam ihr vor, als wäre mit dieser Begegnung ein großer Stein aus dieser Fassade herausgenommen worden. Durch die Tatsache, nie den toten Ehemann gesehen zu haben, spülte die dadurch hervorgerufene Ungewissheit wieder an die Oberfläche. Noch vor wenigen Stunden hatte sie geglaubt, ihre seelische Mitte wieder gefunden zu haben. Die Begegnung mit dem Menschen, der ihrem verstorbenen Ehemann so ähnlich war, schien ihr Gleichgewicht, das sie sich nach Uwes Tod mühsam erarbeitet hatte, zu zerstören.

Ihre spontane Reaktion war, aufzustehen und vor dem zu flüchten, was sie nicht wahrhaben wollte. Sie legte das Geld auf den Tisch, setzte ihre Sonnenbrille auf und verließ das Lokal.

Die Farben der Landschaft um sie herum und das Blau des Himmels über ihr schienen ausgelöscht. Die Welt war für sie schwarz-weiß. Sie sagte zu sich selbst, dass es nicht sein *konnte*, dass sie ihren Ehemann so wiedersieht - lebendig. Auf dem Weg vom Ort der Begegnung zu ihrem Auto korrigierte sie sich: es *durfte* nicht sein, dass sie ihn wiedersah. Und dann blieb sie stehen und wusste, dass sie das plötzliche Ableben des geliebten Menschen noch nicht verarbeitet hatte. Sie fühlte sich von einem Irrbild getäuscht. Sie hatte Uwes Tod nicht bewältigt, sondern sie hatte ihn verdrängt. Sie musste jetzt zurückgehen, um sich Gewissheit zu verschaffen. Sie hatte gelernt, Dinge konsequent zu verfolgen; Flucht vor dem, was gerade passiert war, wollte sie nicht akzeptieren. Sie ging zurück an ihren Tisch, den sie verlassen hatte.

Ihr Interesse war so groß, dass sie sich trotz aller Ungewissheit einen *pétit café* bestellte und weiterhin das Geschehen im Nachbarrestaurant aus einer gewissen Distanz heraus beobachten wollte. Sie hätte ja das Lokal wechseln können, aber der emotionale Schock und die überwältigende Ähnlichkeit der Person mit ihrem Mann nahmen ihr den Mut dazu.

War es eine Sinnestäuschung, weil die Phantasie ihr einen üblen Streich spielte? War es Wirklichkeit oder Trugschluss, da sie ja nie die Leiche ihres Mannes gesehen hatte und tief in ihrem Innern noch daran glaubte, dass er lebt?

Sie hörte nicht auf, sich auf das Geschehen im Nachbarlokal zu konzentrieren. Die Welt um sie herum begann sich zu drehen, ihre Gedanken begannen zu schwimmen. Auch seine Gebärden erinnerten sie so sehr an Uwe. Für einen Augenblick war sie geneigt, aufzustehen und sich diesem Unbekannten vorzustellen. Zwar konnte sie aus der Distanz nicht verstehen, was er sagte, als er sich mit den Kunden unterhielt. An seinen Mundbewegungen meinte sie zu erkennen, dass er französisch sprach. Noch ehe sie zu Ende gedacht hatte, verschwand er im Inneren des Nachbarlokals und entzog sich damit Birgits Beobachtung.

Dort hatte sie eine fremde Person mit bekanntem Äußeren und vertrauten Gebärden wahrgenommen. Sie wollte und konnte mit dieser Erscheinung nicht alleine sein. Die Zweifel über die Identität der Person blieben. Statt einer zunächst beabsichtigten SMS wählte sie die Nummer Ihres Sohnes Lars in München. Nur die Mailbox meldete sich. Birgit legte auf. Sie hoffte, ihn zu erreichen, wenn sie zurück in ihrer Ferienwohnung in Ruhe mit ihm sprechen konnte. Sie musste sich dem Menschen mitteilen, der ihr seelisch am nahesten war: ihrem Sohn.

Auf der Fahrt zurück zu ihrer Ferienwohnung schaute Birgit mit anderen Augen auf die bretonische Landschaft. War sie ein Spiegelbild ihrer Seele?

Sie hatte ihr Urlaubsziel als Quell ihrer inneren Balance gesehen. Das milde Klima, die reine Luft, das helle Licht, die üppige Vegetation mit überschwänglichen Farben, der Blüten und die gastfreundlichen Menschen trugen zu einem Erholungswert bei, den sie zuvor nicht erwartet hatte. Sie dachte an die Hortensienbüsche, die dem alten Gemäuer an windgeschützten Stellen einen besonderen Charme verliehen.

Rechts der Küstenstraße fielen ihr nun im Vorüberfahren die vom beständigen Westwind gebeugten Bäume auf. Das war die andere Seite der Bretagne. Die sturmgepeitschte Landschaft mit ihren schroffen, zerklüfteten Felsen, an denen die unnachgiebige Brandung nagte. Die in Schwarz gekleideten alten Menschen, die unnahbar schienen, das undurchdringliche Dickicht des Stechginsters mit seinen Dornen, der alles durchdringende, vom Wind getriebene Regen waren Dinge, von denen sie gelesen hatte, die aber bislang ihrer Wahrnehmung verborgen blieben.

„Lass dich nicht von einer Illusion überfahren", dachte sie, „ich will das Rad nicht um fünf Jahre zurückdrehen."

„Bonjour, Lars. Schön, dass du am Apparat bist."

Lars hatte ein Gespür für die Stimmungen, mit denen seine Mutter sprach.

„Hallo, Mama, wie geht es dir, gibt es Probleme?"

„Nein, mach dir keine Sorgen, mir geht es gut. Eigentlich erhole ich mich prächtig. Land und Leute sind ein Erlebnis und das Wetter ist sommerlich warm und trocken."

Lars hakte nach: „Eigentlich? Was hat diese Einschränkung zu bedeuten?"

„Ich bin noch etwas aufgeregt. Ich hatte ein seltsames Erlebnis, das mir nicht aus dem Kopf geht, und über das ich mit dir reden muss. Ich habe einen Doppelgänger deines Vaters gesehen, der ihm wie ein Spiegelbild gleicht. Er ist Kellner in einem Lokal in *Larmor Plage*. Deshalb rief ich lieber an, um mit dir zu sprechen statt eine SMS zu schicken."

Für Lars schien das Erlebnis seiner Mutter nicht so schockierend zu sein.

„Das kommt vor", sagte er, „Doppelgänger tauchen hin und wieder auf. Du solltest dich nicht in etwas hineinsteigern, was die Natur bei Milliarden von Menschen auf unserem Globus nun einmal hervorrufen kann."

Obwohl sich Birgit am Handy verständnisvoll zeigte, um ihren Sohn nicht weiter mit ihrer Betroffenheit zu beunruhigen, waren ihre Bedenken bezüglich der frappierenden Ähnlichkeit nicht aus dem Weg geräumt.

„Ich werde mich wieder melden." Sie verabschiedete sich von ihrem Sohn, der ihr weitere schöne Tage in der Bretagne wünschte. Eine wirkliche Hilfe war er in diesem Augenblick nicht für sie. Geographisch und emotional schien er zu weit entfernt. Kaum hatte sie ihr Handy aus der Hand gelegt, kam der Zustand der Ungewissheit in unverminderter Intensität zurück. Obwohl sie schon einige Zeit in dem kleinen Garten vor ihrer Wohnung gesessen hatte, konnte sie zu dem unbeschwerten Feriengefühl am Anfang ihres Urlaubs nicht zurückfinden.

Ihr ging das Bild des Mannes in *Larmor Plage* nicht aus dem Kopf. Lag es an ihrer Psyche, dass sie sich so ernsthafte Gedanken um den Doppelgänger machte? Ihr Sohn, der mit seinem Vater aufgewachsen war, schien unbekümmerter mit der Situation umzugehen, andererseits hatte er die Begegnung ja nicht live miterlebt. Sie musste mit Nicole darüber reden. Sie war die einzige verfügbare Person, zu der sie einen vertrauten Kontakt hatte, und die für sie da sein konnte.

Deshalb rief sie Nicole an und informierte sie über ihr seltsames Erlebnis.

Nicole erklärte sich bereit, sie sehr bald zu treffen, um ihr zu helfen, von dem bedrückenden Erlebnis loszukommen.

Da sie Birgits Ehemann von ihrem Aufenthalt in Deutschland kannte, konnte Nicole sich auch selbst ein Bild des Mannes machen, der die Ursache ihres Treffens war.

Am nächsten Tag fuhr Birgit wie verabredet nach *Larmor Plage*. Im Radio hörte sie auf einem Regionalsender seit Tagen bretonische Musik. Birgit hielt sie zwar für gewöhnungsbedürftig, denn die Klänge von *Biniou* und *Bombarde* (Dudelsack und Schalmei) sind obertonreich und können als durchdringend und grell bezeichnet werden. Birgit meinte bisher, dass sie – weil typisch für keltische Länder – zur Bretagne passten, aber heute trugen sie nicht zur Entspannung ihrer momentanen Gemütsverfassung bei. Sie schaltete das Radio aus.

Bald saßen die beiden Frauen in *Larmor Plage* in dem Strandlokal, in dem jener mysteriöse Doppelgänger arbeitete. Ein junges Mädchen bediente sie. War der mysteriöse Fremde heute nicht da? Eine Klärung der Situation schien in weiter Ferne.

Spurensuche (1943)

Eine Klärung der Situation schien für Felix Baumann in weiter Ferne.

Obwohl er von der Feindfahrt nach *Lorient* zurückgekehrt war, lähmte die Ungewissheit über das Schicksal von Claudine und seinem Sohn jegliche Freude.

Claudine war und blieb verschwunden. Die Nachfrage bei französischen Behörden war für Felix ausgeschlossen. Bei deutschen Verwaltungen gab es keine Unterlagen über die französische Zivilbevölkerung, es sei denn, sie stand in deutschen Diensten.

Sobald Felix dienstfrei war, begab er sich in die Stadt auf erneute Spurensuche nach Claudine. Durch weitere Luftangriffe hatte der Krieg seine Zerstörungen hinterlassen. Die Evakuierung nahm ihm jede Möglichkeit, an Bekanntem anzuknüpfen. Auch das gemeinsame Versteck existierte nicht mehr, und die Rote Kreuz Station war ebenfalls mit fremden Leuten besetzt. Die Situation in *Lorient* hatte sich während seiner Abwesenheit vollkommen verändert. Er wollte nicht zusätzlich weitere fremde Personen in seine Suche einbeziehen, das war zu gefährlich. Es war, als hätte der Krieg seine Vergangenheit ausgelöscht. Da eine fortgesetzte Suche nach Ginette Leclaire aussichtslos erschien, war seine einzige Hoffnung sein Kamerad Benno

Schuster, der ihm möglicherweise weiterhelfen konnte. Der Kontakt zu ihm war schließlich sicheres Terrain. Spitzel oder die Résistance brauchte er so nicht zu fürchten.

Zurück im U-Bootfahrer Heim erkundigte er sich nach seinem Freund. Dieser hatte dienstfrei und wollte am Abend oder in der Nacht zurück sein; es wurden zermürbende Stunden des Wartens für Felix.

Um sich von dem Gefühl der Ungewissheit über das Schicksal seiner Freundin abzulenken, stöberte er in den Funkunterlagen, denn er hatte die Überwachung des Funkmessgerätes im U-Boot zur Aufgabe. Die neuesten Nachrichten besagten, dass Änderungen bevorstanden. Mit Hilfe des so genannten Biscaya Kreuzes, einer Art Antenne, die außen am Turm befestigt war und vor jedem Tauchgang eingeholt werden musste, konnten bisher anfliegende Flugzeuge rechtzeitig erkannt werden. Es war daher eine sehr verantwortungsvolle Aufgabe für den Funktechniker, die unter Umständen das Leben der Mannschaft und die Existenz des Bootes rettete.

Da der Feind Gegenmaßnahmen entwickelte, weil er ebenfalls die gesendeten Wellen des Gerätes orten konnte, wurde es jüngst verboten. Die Weiterentwicklung zum Metox Gerät, das auf einer anderen Wellenlänge arbeitete, nutzte Felix für eine Entsendung in die Heimat nach Mürwik bei Flensburg zwecks einer Fortbildung. Der Antrag war gestellt. Darum wartete er auf die Bewilligung.

Bei dem Zusammentreffen mit seinem Freund Benno gab es für Felix eine gute Nachricht. Das Kind war wohlbehalten bei

Felix Eltern eingetroffen und fürsorglich aufgenommen worden. Benno hatte die Familie über alle Umstände informiert. Nach seiner Rückkehr aus Deutschland war Benno auf ein anderes Boot versetzt worden. Die beiden Freunde verbrachten den folgenden Abend in *Keroman*, bei dem der Alkohol ihnen übermäßig zusetzte, zum Teil um den Abschied von Benno zu feiern, zum Teil aus dankbarer Freude über den geglückten Transport, aber auch, um den Kummer, den der Krieg Felix bereitet hatte, zu betäuben. Zu dem Zeitpunkt konnten die Freunde nicht wissen, dass es ihr letzter gemeinsamer Abend sein würde, denn Benno kam von seiner nächsten Feindfahrt nicht zurück.

Am Anfang der folgenden Woche erhielt Felix noch vor dem nächsten Einsatz seines Bootes den Marschbefehl zur Marineschule in Mürwik. Von dort aus, so meinte er, war es einfacher, seine Eltern und sein Kind in die Arme zu nehmen.

Einerseits war er über den bevorstehenden Heimateinsatz, verbunden mit einigen Urlaubstagen bei seinen Eltern, froh, denn die zunehmenden Verluste der U-Boote bedeuteten Lebensgefahr für ihn. Andererseits kam es ihm vor, als wolle er vor der Verantwortung fliehen und seine Kameraden im Stich lassen und die Suche nach Claudine vollends aufgeben. Die geringen Chancen, die er in *Lorient* hatte, verbunden mit der Gefahr, bei seiner Suche von der Résistance entdeckt und zum Opfer der französischen Widerstandsbewegung zu werden, bestärkten ihn in seinem Vorhaben. Er musste Frankreich so schnell wie möglich verlassen, um Abstand von allen Unwägbarkeiten, die sich mit der Bedrohung seines Lebens verbanden, zu bekommen. Er wollte für sein Kind weiterleben. Vielleicht gab es in der Zukunft einen sicheren Weg für ihn, die Suche nach der Mutter seines Sohnes wieder aufzunehmen.

Felix hatte seine Eltern per Brief über seinen Aufenthalt in Deutschland informiert.

Während des Aufenthaltes von Felix in Lorient war der Briefkontakt schwierig und während der Feindfahrten sogar ausgeschlossen. Der Briefkontakt innerhalb Deutschlands war dagegen einfacher. Nach seinem Eintreffen in Mürwik nahm Felix den Kontakt zu seinen Eltern auf. Seine Mutter war glücklich, ihn bald gesund in die Arme schließen zu können, und schrieb ihm nach Mürwik: „Ich freue mich riesig auf unser Wiedersehen."

Lars

„Ich freue mich auf unser Wieder-
sehen", sagte Birgit durchs Handy, weil ihr Sohn Lars sie ange-
rufen hatte. Nicole schaute erstaunt, als sie erfuhr, dass sich
Lars eine Auszeit vom Studium nehmen wollte und plante, in
die Bretagne zu reisen, um Birgit zu besuchen. Beide verspra-
chen sich davon viel, da es sicherlich die Situation von Birgit
entspannen würde, und Lars sich von den Anstrengungen seines Studiums erholen könnte.

Birgit hatte Zeit bis zum Eintreffen ihres Sohnes, der mit dem
Zug anreiste, weil er auf der Fahrt in Ruhe seiner Studienlektü-
re nachgehen konnte. Sie packte die nötigen Sachen für einen
Spaziergang entlang der Küste zusammen.

Zu Beginn ihrer Ferien hatte Birgit sich vorgenommen, den
Urlaub, den sie dringend benötigte, zu einem Teil mit den Recherchen zum Tankerunfall und den Auswirkungen auf die
bretonische Bevölkerung zu verbinden. Zu dem Zeitpunkt hatte
sie noch keine Distanz zu ihrem beruflichen Schaffen und ahnte
nicht, mit welchen Reizen die bretonische Landschaft und ihre
Bevölkerung aufwarten und sie von ihrem beruflichen Vorhaben ablenken würden. Ihr Chef äußerte an ihrem letzten Ar-
beitstag die Hoffnung, sie würde mit einem aktuellen Bericht

und vielleicht ein paar spektakulären Fotos seine Zeitung bereichern.

Jetzt war alles anders.

Die verführerische Landschaft, das ideale Urlaubswetter, das Wiedersehen mit Nicole Fabre und die Begegnung mit dem seltsamen Doppelgänger ihres Mannes hatten Birgits berufliches Engagement völlig in den Hintergrund gedrängt. Und weil nun der Besuch von Lars bevorstand, hatte sie den Tankerunfall sozusagen „vergessen".

Außerdem war der Küstenabschnitt zwischen *Concarneau* und *Lorient*, wo sie sich aufhielt, augenscheinlich kaum davon betroffen. Und schließlich hatte Nicole Fabre ihr zugesagt, sie mit geeignetem journalistischen Material zu versorgen. Nicole war in der kurzen Zeit zu einer richtigen Freundin geworden, die sich um Birgits Wohlergehen in ihrer bretonischen Heimat sorgte und meinte, dass es wichtig sei, dass sie ihre Ferien nutzen würde und sich um sich selbst kümmern würde.

Als Birgit sich auf einem flachen Felsstein am Rande der Klippe niederließ, hatte das vor ihr liegende Meer eine magische Wirkung auf sie. Sie verspürte nicht den Wunsch, sich ins Wasser zu stürzen, obwohl die Temperaturen es erlaubt hätten, und sie ja eine „Wasserratte" war. Nein – es war die Faszination der Weite bis zum Horizont, wo sich Himmel und Wasser zu begegnen schienen. Die Größe der Natur machte sie demütig und klein. Und es war die unaufhörliche Bewegung, wenn die Dünung das Wasser zwischen die Felsen spülte, um fast unhörbar anschließend wieder zurückzulaufen. Außer einem gelegentlichen Glucksen hörte man nichts. Es war wie das Heben und Senken des Brustkorbs beim Atmen. An flachen Stellen leckte das Wasser die Steine und ging scheinbar zärtlich mit ihnen um. So war es im Augenblick. Aber Birgit wusste auch, wie gnadenlos die Wellen bei stürmischem Wetter sein konnten, wenn die See mit Gewalt gegen die uralten, harten Steine brandete und in zerstörerischer Kraft die bizarren Formen und steilen Abhänge der zerklüfteten Küste modellierten.

Es gab den Rhythmus der Gezeiten, die mit einem über vier Meter großen Tidenhub zwei unterschiedliche Landschaften entstehen ließen. Das Hochwasser füllte die Flussmündungen und Landeinschnitte und bedeckte alles Tiefgelegene mit Wasser. Dann verschwanden die sandigen Buchten, und die Strände wurden schmal. Nur etwa sechs Stunden später standen bei Niedrigwasser die Boote auf ihren Kielen oder lagen schlafend auf der Seite im weichen Schlick. Zwischen den Felsen entstanden kleine Sandbuchten, und die großen Strände zwischen den Felsen und der Wasserlinie waren dann mehr als hundert Meter breit und luden in ihrer Länge zu ausgedehnten Spaziergängen ein. Und immer präsentierte sich das Meer in unterschiedlichen Farben, die in ihrem Blau und Grün nahezu unecht wirkten. Bei blauem Himmel, so wie ihn Birgit momentan erlebte, wechselte sich das helle Grün des Wassers in Küstennähe über sandigem Grund mit den dunkelgrünen Schatten bei algenbedecktem oder felsigem Meeresboden ab. Wenn Birgit ihren Blick auf die offene See richtete, gingen die Grüntöne zunächst in ein helles und in der Ferne in ein dunkles Blau über. Wurden die Sonnenstrahlen der tief stehenden Sonne von den Wellen reflektiert und gebrochen, schien die Wasserfläche mit funkelnden Edelsteinen übersät. Die weißen Dreiecke der Boote, die in einiger Entfernung vorbei segelten, und die farbigen Rümpfe der kleinen Fischerboote vervollständigten das malerische Bild. Birgit fühlte sich bestätigt; hier war kein Platz für berufliche Dinge;

und sie genoss ihre Zeit, zumal ihr Aufenthalt in der Bretagne dem Ende entgegenging.

Pünktlich lief der TGV in *Quimperlé* ein. Die Räumlichkeiten der Ferienwohnung erlaubten es, dass Lars dort sein eigenes Zimmer bewohnen konnte.

Birgit war stolz auf ihren Sohn. Er hatte mehr Ähnlichkeit mit ihrem Vater und nicht so sehr mit ihrem Mann. Nur seine dunklen, braunen Augen, so meinte Birgit, erinnerten an die seines Vaters. Er war ebenfalls groß gewachsen wie Birgits Vater, hatte breite Schultern und schmale Hüften. Sein dunkelblondes Haar war voll und wellig. Die Lachfalten im äußeren Augenbereich drückten Lebensfreude aus. Er war ein positiver Mensch; sein Optimismus war häufig ansteckend. Diese Eigenschaft war es auch, die Birgit hoffen ließ, dass er der Richtige war, der ihr aus ihrem Dilemma heraushelfen könnte.

Bei einem Abendessen im Restaurant mit Blick auf den roten Leuchtturm von *Doelan* hatten sie sich so viel zu erzählen. Das wichtigste Thema war für Birgit allerdings ihre Begegnung mit dem Doppelgänger von Lars Vater.

„Du steigerst dich in ein Phantom hinein, Mama", versuchte Lars sie zu beruhigen, „deine Phantasie ist über Gebühr strapaziert, weil du Papa nach seinem Tod nicht mehr gesehen hast."

„Aber er ist ihm so furchtbar ähnlich", entgegnete Birgit, „du musst ihn sehen."

Lars dachte offensichtlich weniger emotional über die Erscheinung des Doppelgängers nach. Für ihn gab es nun mal bei der Vielzahl der Menschen immer wieder Ähnlichkeiten, die verblüffend waren.

„Mach dir keine Sorgen, alles wird sich klären. Wir fahren morgen nach *Larmor Plage* und sehen, was sich machen lässt", schlug Lars vor, „ich glaube es ist besser, wenn ich mir persönlich vom Doppelgänger meines Vaters ein Bild machen kann. Schließlich kann ich mich genauso gut an ihn erinnern. Wir waren zwanzig Jahre lang eine Familie."

Zusammen mit seiner Mutter fuhr er nach *Larmor Plage* und begab sich in das Lokal, wo der Doppelgänger arbeitete.

Lars fühlte sich um Jahre zurückversetzt, als er den Kellner zum ersten Mal sah. Er konnte nun seine Mutter verstehen. Die Ähnlichkeit war verblüffend. Er zweifelte plötzlich an der Willkür der Natur, wovon er zuvor so überzeugt war. Es war nicht möglich, dass sein Vater noch lebte! Er wollte gerade aufstehen und Kontakt mit dem Doppelgänger seines Vaters aufnehmen, als seine Mutter ihn zurückhielt.

„Er hat sich umgedreht, als ich den Namen ‚Uwe' etwas lauter als gewöhnlich sagte. Ich meine, er hat sich erschrocken, denn er drehte sich plötzlich weg", sagte Birgit.

„Er spricht fließendes Französisch. Vielleicht versteht er gar nicht, was du willst, oder tut zumindest so. Was willst du ihm überhaupt sagen? Ein Gespräch mit einem Fremden über etwas Unwahrscheinliches ist einfach peinlich; er hält uns für verrückt."

Lars blieb sitzen.

„Abgesehen von den Sprachproblemen, die sich ergeben, wenn du mit dem Fremden über die privaten Eindrücke reden willst." Birgit stimmte zu.

„Lass uns zunächst mit Nicole Fabre darüber sprechen", schlug sie vor, „ich glaube, dass sie uns helfen wird."

Allem Augenschein nach hatte sich Nicole zu ihrem Vorteil verändert – jedenfalls äußerlich. Sie hatte nicht mehr dieses gezwungene Jungmädchen-Aussehen. Sie trug eine rote kurzärmelige Bluse, eine weiße Leinenhose, hatte nackte Füße mit rot lackierten Zehnägeln in offenen Sandalen. Lars pfiff durch die Zähne, als sich diese attraktive, junge Frau mit schulterlangem schwarzen Haar am späten Nachmittag der Ferienwohnung näherte. Von seiner Mutter erntete er einen missbilligenden Blick aufgrund seiner burschikosen Reaktion auf die charmante Besucherin. Lars erinnerte sich an Nicole, als sie vor einigen Jahren zu Gast bei seinen Eltern war. Für ihn war sie damals die flippige Praktikantin mit verrückten Ideen. Sie unterschied sich kaum von den anderen Mädchen, die er kannte. Sie war eine von vielen und weckte kaum sein Interesse. Jetzt hatte er Grund, überrascht zu sein.

Ihre blauen Augen wurden durch den gebräunten Teint betont. Sie hatte ihr früher schlaksiges Auftreten durch Persönlichkeit ersetzt. Sie wirkte trotz des auffälligen weißen Stoffbandes, das ihr Haar zusammenhielt und in das sie die Sonnenbrille geschoben hatte, eher lässig als elegant. Sie war erwachsen geworden und hatte sich offensichtlich zu einer seriösen Journalistin gewandelt.

Küsschen links, Küsschen rechts, und nochmals links, rechts für gute Freunde.

Nach der bretonischen Begrüßung kam es den jungen Leuten so vor, als hätten sie sich nach einer nur kurzen Zeit der Trennung wieder gesehen.

Auch Nicole war erstaunt, dass aus dem fahrigen Burschen ein attraktiver, junger Mann geworden war. Vor allem waren ihr sofort seine braunen Augen aufgefallen, die neben dem selbstsicheren Blick eine freundschaftliche Wärme ausstrahlten. Er hatte die Augen seines Vaters. Die Chemie zwischen Nicole und Lars schien zu stimmen.

Die leichte Unordnung in der Ferienwohnung konnte Birgit schnell erklären. Am nächsten Tag stand ihre Abreise bevor. Sie konnte das Ticket für die Rückfahrt von Lars benutzen und ihrem Sohn sowohl das Auto als auch die noch gemietete Ferienwohnung überlassen, denn Lars beabsichtigte, so lange es ihm möglich war in *Doelan* zu bleiben. Die Begegnung mit Nicole hatte ihn maßgeblich dazu motiviert.

Der weitere Verlauf des Abends war bereits von Birgit geplant, denn sie hatte die beiden jungen Leute zum Abendessen eingeladen.

In Frankreich finden intensive Gespräche unter Freunden bei einem ausgedehnten Abendessen statt, begleitet von anregenden Getränken in gemütlicher Atmosphäre. Im nahen Restaurant mit Blick auf den roten Leuchtturm mit der Aufschrift *Doelan Amont* saßen die drei am reservierten Tisch, genossen Speisen und Getränke und merkten kaum, wie die Zeit verging.

„Bei einer *Coquille St. Jacques* und einem *Filet St. Pierre* und allen anderen Meeresfrüchten weiß ich, dass ich die Bretagne schon jetzt vermissen werde."

„Ich freue mich, dass du die Bretagne nicht mit einem bitteren Beigeschmack verlässt", meinte Lars.

„Bitterer Beigeschmack?" hakte Nicole nach, „Wenn du den Doppelgänger deines verstorbenen Mannes meinst, so kann ich dir versprechen, dass Lars und ich uns um eine Klärung bemühen werden. Nimm die schönen Erinnerungen aus der Bretagne mit nach Deutschland und lasse den Rest hier bei uns; wir werden uns darum kümmern."

„Danke", sagte Birgit lächelnd und drückte Nicoles und Lars Hände.

Für Lars war Nicoles Vorschlag schon deshalb willkommen, weil ihm dadurch seine Absicht, Nicole zu einem baldigen Wiedersehen einzuladen, erspart blieb.

„Mütter scheinen ein feines Gespür für die unausgesprochenen heimlichen Wünsche ihrer Kinder zu haben", dachte er.

Durch die geöffneten Fenster fiel das Licht des blinkenden Leuchtturms, ein leichter Lufthauch drang bis zum Tisch, an dem Birgit, Nicole und Lars saßen, herein. Der Raum war so beleuchtet, dass das Licht der gemütlichen Atmosphäre nicht abträglich war und Halbdunkel mit der Abenddämmerung, die über dem Hafen lag, und den alten Straßenlaternen verschmolz.

Mittlerweile hatten sie auch die *crème brulée* gegessen und den Espresso als krönenden Abschluss bestellt.

Birgit verzichtete darauf und beschloss, zurück in die Ferienwohnung zu gehen, da sie am nächsten Morgen abreisen musste und nicht erst nach Mitternacht ins Bett gehen wollte. Sie bat

Nicole und Lars, sich nicht durch ihren Aufbruch stören zu lassen. Tatsächlich sahen die beiden auch noch keinen Grund, das gemütliche Beisammensein zu unterbrechen. Es war schon nach 23 Uhr und ein lauer Spätsommerabend.

„Ich habe meine Schwierigkeiten mit der Uhrzeit", sagte Lars, „durch die Sommerzeit und der mittel-europäischen Zeit so weit im Westen geht die Sonne ungefähr zwei Stunden später unter als normal."

Nicole und Lars beschlossen, trotz der hereinbrechenden Dunkelheit noch einen Spaziergang entlang der Küste zu machen. Ein bisschen Bewegung tat gut nach dem reichhaltigen Mahl.

Nicole war ein netter Gesprächspartner für Lars, zumal ihr Deutsch mit einem französischen Akzent verbunden war, der ihn faszinierte. Nur ab und zu musste er mit einer Vokabel aushelfen, nachdem sie ihm durch eine charmante Umschreibung auf die Sprünge half. Sein Französisch war dagegen so miserabel, dass er nicht daran dachte, es anzuwenden. Sie unterhielten sich über ihre Hobbys, über sein Studium und seine Zukunftspläne, und Nicole erzählte von ihrem Beruf als Journalistin, der ihr viel Freude machte. Sie hatte vor, noch einmal Erfahrungen im Ausland zu sammeln, um sich auch über die Grenzen Frankreichs hinaus bewegen zu können.

Nach einer halben Stunde war es ziemlich dunkel geworden. Die Meeresoberfläche schimmerte in einem fahlen, hellen Blau, und das Licht des Leuchtturms huschte über die Felsen. Der Küstenweg entlang der alten Natursteinmauer lag im Schatten, so dass die beiden sich an den Händen hielten, auch, um nicht über Steine und Wurzeln zu stolpern.

„Ich finde deinen französischen Akzent, wenn du deutsch sprichst, charmant, und ich mag, was du sagst."

Da er wegen der Dunkelheit ihrem Blick nicht standhalten musste, fügte er hinzu, „und überhaupt finde ich dich nett und bin gern mit dir zusammen."

„Danke für den netten Abend. Ich würde mich auch freuen, wenn wir ihn bald wiederholen können."

Lars konnte verstehen, dass sie einen gewissen Schlusspunkt hinter der momentanen Situation setzen wollte, ohne ihre Gefühle in Frage zu stellen. Die Annäherung zwischen den beiden nahm in einer Geschwindigkeit zu, die nicht gewollt war. Der Verstand schien ihre Gefühle nur schwer kontrollieren zu können.

Schweigend gingen sie zurück zur Ferienwohnung.

Bevor sich Nicole ins Auto setzte, legte sie ihre Arme um Lars Schultern und küsste ihn auf die Wange. Das war anders als die Küsschen links und Küsschen rechts.

Lars blieb noch stehen, bis ihr Auto über die kleine Brücke Richtung *Quimperlé* verschwand.

Für Lars war es kein Problem, sich selbst zu versorgen. Als Student war er daran gewöhnt. So machte er sich im Ferienhaus wie selbstverständlich sein Frühstück, nachdem er seine Mutter schon früh zum Bahnhof nach *Lorient* gebracht hatte. Es folgten Stunden am Meer, wo er mit Fachliteratur und einem Textmarker an einem der Felsen lehnte, die Füße in den warmen Sand gestreckt.

Aber so recht konnte er sich nicht auf seine Studien konzentrieren. Der vergangene Abend mit Nicole Fabre ging ihm nicht aus dem Kopf. Es war zu dumm, dass er sich nicht ihre Handynummer hatte geben lassen. Und deshalb seine Mutter anzurufen, die ja noch im Zug Richtung Köln saß, mochte er nicht. Irgendwie wollte er seine Sympathie zu der jungen Bretonin nicht so offen zeigen. Er wusste zwar, dass sie für die Zeitung in *Quimperlé* arbeitete, aber er verwarf den Gedanken, dort nach ihr zu suchen.

Es ergab keinen Sinn, seine anspruchsvolle Lektüre fortzusetzen; ihm fehlte die Konzentration dafür. Er legte sich bäuchlings auf sein Badetuch, nahm die Sonnenbrille ab und schloss die Augen. Das monotone Rauschen der Brandungswellen hatte einschläfernde Wirkung, wenn nicht plötzlich in seiner Badetasche das Handy geklingelt hätte.

Unbekannter Anrufer – so stand es auf dem Display.

„Hallo", meldete er sich.

„'allo, Lars, 'ier ist Nicole."

„Welch eine Überraschung. Wo bist du?"

„Ich 'abe gedacht, dass ich dich in der Ferienwohnung treffe."

„Ich bin in fünf Minuten da, bitte bleib wo du bist." Er war schon dabei, die paar Badesachen zusammenzupacken, bevor er das Gespräch beendete.

„Schön dich zu sehen", rief Lars von weitem, als er auf sie zuging. Das übliche Begrüßungszeremoniell war für Außenstehende das Gleiche wie am Tag zuvor. Nicole und Lars jedoch fühlten beide, als habe die Berührungen ihrer Körper eine zusätzlich elektrische Energie freigegeben, die sich bis in die Magengegend entlud.

„Ich habe Schmetterlinge im Bauch", sagte Lars und errötete. „Papillons! – oui." wiederholte Nicole. „Das ist ein schöner Vergleich."

„Aber verwechsele es nicht mit ‚papillonner'." Nicole lachte und erklärte: „ Das benutzen wir für Frauen, die von einem Mann zum anderen fliegen. Ich bin kein ‚papillon', ich habe so wie du auch ‚papillons dans mon ventre'." Lars hatte verstanden.

„Was machen ein glücklicher Tourist und eine charmante Bretonin an einem so herrlichen Sommertag wie heute?"

„Laisser notre imagination vagabonder."

„In Köln sagt man: die Seele baumeln lassen", übersetzte Lars.

„Und hier in der Bretagne tut man es."

Damit war für die beiden klar, dass sie den Tag gemeinsam verbrachten.

Per Auto fuhren sie nach *Pont Aven*, dem Malerstädtchen, das bekannt wurde durch die Malerschule, deren Mitglied zum Beispiel Paul Gauguin war. Ein steinernes Denkmal ziert den Marktplatz und in der *Pension Gloanec* hat er gewohnt.

Die *Promenade Xavier Grall* führte sie am Ufer des Aven entlang, dessen Wasser um riesige Granitsteine stromabwärts fließt. Links und rechts bewunderten sie exotisch anmutende Pflanzen. Sie kreuzten den Fluss über einige Brücken und hatten einen Blick auf die malerischen Rückseiten der alten bretonischen Häuser. Granitene Bänke luden zum Verweilen ein.

Überhaupt passte die Kulisse des Örtchens in die Stimmung der beiden jungen Leute, die Hand in Hand den Weg entlang schlenderten.

Lars war begeistert vom klaren Licht und den überwältigenden Farben der Natur in der Bretagne. Nicole vermutete, dass es gerade das war, was Maler wie Paul Gauguin, Paul Sérusier und Charles Filiger, die die Schule von Pont Aven gründeten, hierher lockte. Sie spazierten durch den *Bois d'Amour* zur *Chapelle Trémalo*, in der sich das Kruzifix befindet, das Gauguin als Vorlage zu seinem Gemälde des „Gelben Christus" diente.

Danach folgten sie dem Schild, das Richtung *Le Port* wies. Die meisten Boote, die sich auf ihren Kielen stehend an die Kaimauer lehnten, waren verlassen. Sie waren zu Amphibienfahrzeugen mutiert, wenn der *Aven* Niedrigwasser hatte.

Dann kehrten sie in die bekannte *Moulin de Rosmadec* für einen *café gourmand* ein. Lars erinnerte sich an ein Foto, das seinen Großvater hier zeigte. Für den Enkel war es etwas Besonderes, die Spuren seines Großvaters zu verfolgen.

Inzwischen hatte Birgit per SMS ihre Ankunft in Köln nach einer problemlosen Fahrt mitgeteilt.

„Vielleicht sollten wir morgen noch einmal nach *Larmor Plage* fahren und sehen, ob wir etwas Neues über den Doppelgänger erfahren", bot Nicole ihre Hilfe an, die Lars gerne annahm. Nicole hatte sich ein paar Urlaubstage genommen, um mit Lars zusammen zu sein. Das war mehr, als er erwartet hatte. Die Sympathie, die er für Nicole empfand, schien sie auch ihm entgegenzubringen. Er fühlte sich geschmeichelt.

In der kurzen Zeit hatte sich in der Tat mehr als Sympathie zwischen den beiden entwickelt. Lars hatte die Sorge, dass Nicole die entstandene Nähe als flüchtige Urlaubsbekanntschaft deuten könnte, was ihm peinlich gewesen wäre. Er musste eine Gelegenheit finden, seiner so reizenden Begleitung seine ehrlichen Gefühle mitzuteilen.

Die Fahrt nach *Larmor Plage* war verbunden mit einem Blick auf die U-Boot Bunker, die noch immer als Zeuge der düsteren Vergangenheit das Bild des sommerlichen Yachthafens Kernevel trübten. Und da standen noch die beiden Villen, von denen Admiral Dönitz die Atlantikschlacht befehligte.

„Mein Großvater war ein Rädchen in der Maschinerie des Krieges", kommentierte Lars, „ich bin froh, nicht in dieser Zeit gelebt zu haben."

„Und wie fühlst du dich heute? Ich möchte es gerne wissen. Als deine private Reiseführerin möchte ich, dass es meinem Kunden gut geht."

„Ich fühle mich in deiner Gegenwart wie ‚Gott in Frankreich', nein, das trifft nicht den richtigen Ton. Ich will über eine treffende Formulierung nachdenken."

Obwohl Lars die Gegenwart umso mehr zu schätzen wusste, war er nicht in der Stimmung, jetzt Nicole seine Gefühle zu offenbaren.

„Plus tard, s'il vous plait, on verra."

„Du machst es spannend", erwiderte Nicole, „was willst du mir sagen?"

„Ganz viel, aber im richtigen Moment an passender Stelle."

Ein paar Minuten später saßen sie auf der Mauer, welche die Promenade vom Sandstrand trennte und blickten aufs Meer.

Hinter ihnen lag das Restaurant, in dem der Doppelgänger Tage zuvor gesehen wurde. Hin und wieder drehte sich einer von beiden, um einen Blick auf das Treiben in diesem Lokal zu kontrollieren.

„Da ist er", sagte Nicole plötzlich, „wir gehen rein und setzen uns an einen Tisch, den er bedient."

In der nächsten halben Stunde ereigneten sich so viele Merkwürdigkeiten, dass sich Lars und Nicoles Entschlossenheit nach und nach in Verlegenheit wandelte.

Es war zwar fünf Jahre her, als sein Vater beim Gletscherski tödlich verunglückte, jedoch war die Erinnerung an seinen Vater nicht verblasst. Die verblüffende Ähnlichkeit schockierte ihn. Es war nicht nur die Gestalt, es waren auch die Bewegungen, sein Gang, die Größe und wie er sein Haar trug. Selbst das Zucken mit dem rechten Mundwinkel hatten beide Personen gemeinsam.

Ein Gedanke schoss ihm durch den Kopf. Der tote Körper seines Vaters wurde im ewigen Eis nie gefunden. Ist er wirklich auf dem Gletscher uns Leben gekommen? Führte er ein Doppelleben?

Nicole sah den Zweifel in Lars Augen. Er war sprachlos und verfolgte ihn mit seinen Blicken. Auch dieser seltsame Kellner blickte kurz zu den beiden herüber, wandte sich dann abrupt ab und bediente von da an auch die Gäste in ihrer Nähe nicht mehr.

An seiner Stelle servierte jetzt eine junge Dame, etwa in Nicoles und Lars Alter.

„Das ist ein Franzose", redete sich Lars laut ein, um seinen Zweifel zu bekämpfen. Nicole musste ihm sagen, dass sie auf dem Weg zur Toilette gehört hatte, dass er sich mit einem Gast an der Theke im Inneren des Lokals in ziemlich flüssigem Deutsch unterhalten hatte. Lars wurde bleich, als Nicole es ihm erzählte.

„Ich gehe jetzt zu ihm und frage ihn, ich halte diese Ungewissheit nicht länger aus."

Er stand auf und begab sich an die Theke, wo ein freundlicher, dunkelhaariger Mann eine Kaffeemaschine bediente. Sein Französisch reichte aus, sich nach dem Kellner zu erkundigen. „Ah, L'Allemand, il n'est pas là, désolé, excusez-moi", war seine kurze Antwort, bevor er in einem Hinterzimmer verschwand. Offensichtlich war er an weiterer Konversation nicht interessiert.

Für Lars war dies wie ein Schlag in die Magengegend. Wie benommen kehrte er an den Tisch zurück und berichtete Nicole. Für ihn war die Verbindung dieses Mannes mit Deutschland ein weiteres Indiz für die Vermutungen seiner Mutter.

Nicole erklärte: „Der Name ‚L'Allemand' ist wie ein Spitzname und bedeutet nicht unbedingt, dass er kein Franzose ist; ich kenne mehrere Personen, die den Spitznamen ‚L'Italien' oder ‚L'Anglais' tragen."

„Aber in dem Fall ist es schon außergewöhnlich, dass mit der Identität dieser Person der Bezug zu Deutschland so offensichtlich ist. Hinter der Ähnlichkeit des Kellners mit meinem Vater muss ein Geheimnis stecken, das ist nicht nur eine Laune der Natur. Ich beginne, die Zweifel meiner Mutter zu verstehen."

War dieser Fremde sein Vater, der seinen tödlichen Unfall nur vorgetäuscht hat, um ein neues Leben in Frankreich zu beginnen?

„Lass uns gehen", schlug Lars vor, legte die Zeche in den vor ihm liegenden Teller, nahm Nicole bei der Hand, und beide verließen fast fluchtartig die Terrasse.

Auf dem Weg zurück versuchte Nicole, die dunklen Gedanken ihres Begleiters zu zerstreuen, aber irgendwie kam sie nicht so zu ihm durch, wie sie es gewohnt war. Die Bälle, die sie spielte, gingen ins Netz.

Erst als sie zurück in der Ferienwohnung waren, taute Lars auf. Er nahm Nicole in den Arm und küsste sie zärtlich. „Ich brauche dich jetzt", sagte er, „lass uns reden. Es tut mir leid, dass dieser Tag auf eine solche Weise zu Ende geht."

„Ein Tag hat 24 Stunden, und ich habe nicht die Absicht, dich heute oder morgen allein zu lassen."

Lars konnte sich in diesem Augenblick niemand anderen vorstellen, mit dem er jetzt lieber zusammen sein wollte. Das merkwürdige Erlebnis in *Larmor Plage* schaffte die Nähe zwischen Lars und Nicole, die beide suchten und jetzt fanden.

Beide waren jung, ungebunden. Sie fühlten sich plötzlich wie auf einer Insel, losgelöst von den Ungewissheiten um sie herum. Es gab keinen Grund, diese Insel zu verlassen, wo beide glücklich miteinander sein konnten.

Nicole schlief noch, als Lars das Frühstück zubereitete. In der kleinen Küche der Ferienwohnung hatte er das Fenster weit geöffnet, um die frische, noch kühle Luft des Sommertages reinzulassen. Die vergangene Nacht hatte Trübsinn und Zweifel beiseite geschoben. Als er aufwachte, gab es nur ihn und Nicole auf der Welt. Er erlaubte sich, ein paar von den im Vorgarten wachsenden Blumen zu pflücken, um den Tisch zu schmücken. Ein Frühstück im Bett hätte diesem herrlichen Sommermorgen die Frische geraubt. Schließlich wurde ihm die Entscheidung auch abgenommen, als Nicole verschlafen, mit wilden Haaren und seinem Hemd bekleidet im Türrahmen stand und fragte, woher er wüsste, dass sie es nicht mochte, im Bett zu frühstücken.

Offensichtlich war alles so leicht mit ihr. Sie verstanden sich vom ersten Augenblick an wortlos, teilten viele Interessen und konnten gemeinsam reden und lachen. War dies das so oft zitierte *savoir vivre*?

Nicole kannte das deutsche Frühstück von der Zeit ihres Praktikums in Köln, das etwas üppiger ausfiel als das französische *petit déjeuner*. Jetzt fühlte sie sich zurückversetzt, denn Lars hatte den noch reichhaltig bestückten Kühlschrank, den seine Mutter ihm hinterlassen hatte, genutzt, um ein Frühstücksei, Schinken, Marmelade, Brot, Croissants und Käse aufzutischen.

Obwohl sie ihre Zweisamkeit genossen und Lars alle Bedenken über den „Urlaubsflirt" zerstreuen konnte, kehrten sie zu dem Erlebnis in *Larmor Plage* zurück und beschlossen, zunächst Birgit nichts davon zu erzählen. Die beiden wollten einfach ihr Glück noch genießen und die sonnigen Tage in der Bretagne gemeinsam verbringen.

Allerdings hatten beide auch das Ende ihrer Ferien im Kopf, das sie zu ihren beruflichen Verpflichtungen zurückholen würde: Nicole musste irgendwann zu ihrer Zeitung in *Quimperlé* zurück, und Lars musste seinen Studien in München nachgehen. Natürlich machten sich beide Gedanken über eine gemeinsame Zukunft.

Die beiden wollten ihren vorläufig letzten Abend in der Bretagne gebührend zelebrieren. Als Lars bei seiner Wirtin alle Formalitäten erledigt hatte, empfahl ihm Madame Lanec ein Restaurant, das sie selbst sehr schätzte. Dort hatte er auf Anraten einen Tisch für zwei reserviert.

Nicole und Lars fuhren die kurze Strecke nach *Le Pouldu* und folgten dem Schild *Le Port*. Am Ende der Straße parkten sie ihr Fahrzeug vor dem Restaurant.

Hier war die Grenze zwischen *Finistère* und dem *Département Morbihan*. Der Fluss *Laita* führte Hochwasser. Gegenüber lag ein Yachthafen, weitere Sportboote lagen an Muringtonnen in der Flussmitte. In einem großen Bogen verlor sich die Wasserfläche flussaufwärts im Wald und öffnete sich flussabwärts in einer breiten Mündung dem Meer.

Das Restaurant wurde von zwei Seiten durch den Fluss eingerahmt. An der Hauswand pries eine Schrift die ,*spécialités fruits de mer*' an. Eine Speisekarte beschrieb nähere Einzelheiten der Angebotspalette.

Ein Blick durchs Fenster in den Speiseraum zeigte hübsch gedeckte Tische, die auf ihre Gäste zu warten schienen. Die Umgebung war so verlockend, dass Nicole und Lars sich noch eine Weile vor dem Lokal aufhalten wollten. Das Kling-Klang der Fallen an den Masten der Segelboote und das Geschrei der Möwen rundeten das Bild der romantischen Küstenlandschaft ab. Alles passte! Vielleicht war es ein Appell für alle Abreisenden, möglichst bald wiederzukommen.

Der bewaldete Hügel hinter dem Restaurant machte es möglich, dass das Haus und der Uferkai ab dem frühen Abend schon im Schatten lagen, während das gegenüberliegende Ufer der *Laita* noch von der Sonne beschienen wurde. Hier war abendliche Kühle, am anderen Ufer waren die letzten Strahlen eines warmen Sonnentages.

Erst als sie nur wenige Schritte am Flussufer weiter am Lokal vorbei spaziert waren, hörte der Weg auf. Das Hochwasser machte hier ein Weiterkommen nicht möglich. Über eine Treppe führte der Weg oberhalb auf den *sentier côtier* entlang des Flusses in einen Wald weiter.

Sie blieben stehen und umarmten sich. Es war ihnen, als seien sie allein auf der Welt, die nur für sie gemacht war. Sie blieben eine Weile so stehen, sahen sich tief in die Augen. Lars berührte sanft ihre Wange und streichelte sie.

„Dies ist kein Ende", sagte er „dies ist der Anfang."

Nicole und Lars genossen die Abgeschiedenheit dieses Ortes zu dieser Abendzeit. Anschließend gingen sie zum Restaurant zurück.

„La sept", wies man die Bedienung an, die sofort den beiden einen Platz am Fenster zuwies. Offenbar hatte hier alles seine feste Ordnung, die Tische waren nummeriert, das Besteck und die Gläser hatten ihre symmetrische Anordnung, das Bild auf den Tellern war dem Blick der Gäste zugewandt, und die Servietten dekorierten ordentlich gefaltet das größte Glas in Fächerform. Das Ambiente ließ auf eine gepflegte Küche schließen.

Nach dem Studium der Speise- und Getränkekarte entschieden sich Nicole und Lars für eine *plateau de fruits de mer* für zwei

Personen, begleitet von einer Flasche Muscadet, schließlich befand man sich in einem Restaurant, das offensichtlich der Zubereitung von Meeresfrüchten alle Ehre machte. Erstaunt nahm Lars die Meeresfrüchteplatte zur Kenntnis, die in der Mitte des Tisches etwas erhöht angerichtet wurde. Er kannte die verschiedenen Schalentiere von den Auslagen deutscher Spezialitätengeschäfte. Dennoch musste er Nicole um Rat fragen, vor allem, wie man die Bigorneaux, Bulots, Langoustines, Crevettes, Palourdes, Amandes, Austern, den Tourteau und die Araignée zum Verzehr handhabe.

Allein hätte er sich nie an den Verzehr der für ihn ungewohnten Meerestiere gewagt. Eine große Nadel, eine dünne, lange Gabel, ein Nussknacker und eine kleine Gabel ergänzten das übliche Besteck. Mit diesen Werkzeugen rückten sie gemeinsam den Schalentieren zu Leibe, um an ihr köstliches Inneres zu gelangen. Nicole war für Lars die ideale Lehrmeisterin. Schon bald erkannte Lars, dass er ohne Nicoles Hilfe verloren gewesen wäre. Er hätte vor der Essenstechnik kapituliert; jetzt war der Verzehr der Meerestiere ein Genuss.

Mittlerweile waren der Speiseraum und auch der Barraum mit Gästen gefüllt. Dennoch blieb eine familiäre, fast private Atmosphäre bestehen.

„Ich mag das Ende der Welt", sagte Lars, „weil du hier bist, und weil ich weiß, dass das Ende der Welt nicht das Ende unseres gemeinsamen Lebens ist."

Dabei reichte er seine beiden Hände über den Tisch, fasste Nicoles Hände und drückte sie sanft.

„Halt jetzt die Zeit an", sagte Lars.

"Kneif mich", sagte Nicole, weil sie glaubte, die Gegenwart sei unwirklich.

Für die beiden hätte es keinen gelungeneren Abschied am Ende der Welt geben können, und es blieben ihnen noch einige Stunden der Zweisamkeit.

Da Nicole aufgrund der räumlichen Nähe weiter Nachforschungen bezüglich des Doppelgängers anstellen wollte, gab es ja neben dem persönlichen Wunsch einen sachlichen Grund, in Kontakt zu bleiben.

Sie kannten sich noch nicht lange, hatten die gleichen Interessen, führten nicht endende ernste und alberne Gespräche und lachten über die gleichen Dinge. Das erzeugte eine Nähe, auf die beide nicht verzichten wollten.

Nicole war meist die Gesprächsführerin und Lars konnte zuhören, was Nicole sehr schätzte. Nicole fühlte sich bei Lars geborgen. In seine Arme hätte sie sich jederzeit fallen lassen.

Beide wussten, dass eine Fernbeziehung trotz Internet ihren Gefühlen nicht gerecht werden würde. Sie hatten einander fest versprochen, sich wiederzusehen, sobald die Umstände es zuließen.

Heimaturlaub, Ende August 1944

Felix und seine Eltern hatten sich noch einige Male geschrieben, und er hatte fest versprochen, sobald die Umstände es zuließen, sich wiederzusehen.

Allerdings hatten sich die Zustände in Deutschland dramatisch verändert. Überall hatte der Krieg seine hässlichen Spuren hinterlassen. Auch der Ton der Militärs, vor allem der Befehlshaber, hatte sich deutlich verschärft. Nach etwa vier Wochen Ausbildungszeit in Mürwik gab es häufiger Luftangriffe auf große Städte. Bei einem Bombenangriff auf Kiel wurde Felix verwundet und hatte zwei Monate in einem Lazarett zugebracht. Seine Knieverletzung konnte zwar operiert werden, allerdings erklärten die zuständigen Ärzte, dass der Einsatz bei der U-Bootwaffe fraglich war. Ernster war sein eingeschränktes Hörvermögen, das zuerst nachhaltig beeinträchtigt war und sich im Laufe der Zeit leicht besserte. Für seine Aufgabe als Funker auf einem U-Boot waren die Werte allerdings zu schlecht. Eine Woche Genesungsurlaub war ihm genehmigt worden, in der er seine Eltern und seinen Sohn besuchen wollte.

Felix Baumann saß endlich im Zug von der Ostseeküste in die Eifel. Seine Eltern erwarteten ihn, und er freute sich, sie und seinen Sohn wieder in die Arme nehmen zu können. Er hatte eine schwere Zeit hinter sich.

Seine Zuversicht, was das Ende des Krieges betraf, wurde auch getrübt von den Bildern Deutschlands, die an ihm vorbeizogen, als er aus dem Fenster seines Abteils blickte. Die Folgen des Krieges mit all seinen Zerstörungen, mit Elend und Tod, die nicht vor den Grenzen Deutschlands Halt machten, präsentierten sich in grausamer Weise.

Zerstörte Städte draußen und Soldaten im Zug prägten das Bild. Felix trug auch seine Uniform und war froh, dass er einen Passierschein bei sich hatte, der es ihm möglich machte, seine Familie für eine Woche zu besuchen.

Zweimal hielt der Zug auf offener Strecke an. Es gab Fliegeralarm und alle mussten Schutz unter den Waggons suchen. Aber es fielen keine Bomben, und es wurde nicht geschossen.

Als er in Köln den Zug verließ, bot sich ihm eine Szenerie, die nur noch Entsetzen in ihm auslöste. Überall Häuserruinen, Steine, Staub. Frauen und alte Männer suchten in den Trümmern nach Habseligkeiten. Viele Straßen waren unpassierbar. Wie warnende Finger ragten die beiden Türme des Domes noch fast unbeschädigt in den grauen Himmel über Köln.

Es war unbegreiflich, dass der Krieg überall war. Auf See warf der Feind seine Bomben auf getauchte U-Boote und in der Heimat auf die Häuser der Städte und Dörfer mit unschuldigen Menschen, vor allem Frauen und Kinder.

Ich muss ein Fahrrad besorgen, um die Stadt schnellstmöglich zu verlassen, dachte Felix. Es waren noch ungefähr 60 km bis zu seinem Elternhaus im Südwesten von Köln am Rande der Eifel – aber gottlob auf dem Lande. Das wurde zwar von anfliegenden Flugzeugverbänden überflogen, ihre Bombenlast warfen sie dort nicht ab.

Auf einem Pferdewagen konnte Felix ein Stück mitfahren, auf Umwegen, weil das Gewirr aus umgefallenen Mauern, Stahlträgern, Drähten und Bombentrichtern den Weg versperrte.

Die Militärstreife, die den Karren anhielt und nach dem Passierschein fragte, konnte seine Weiterfahrt nicht stoppen.

Die nächsten zehn Kilometer ging Felix zu Fuß. Das wenige Gepäck machte ihm kaum zu schaffen. Er fragte sich, wofür er all seine Feindfahrten gemacht hatte? Wofür kämpften die Soldaten an den Fronten? Sie wussten zum großen Teil nicht, wie es in der Heimat wirklich aussah. Die Sondermeldungen des Führerhauptquartiers und die Reichspropaganda verkündeten ein völlig anderes Bild für die kämpfenden Soldaten an den Fronten. Felix dachte an die Kameraden, die in engen Stahlröhren auf den Weltmeeren glaubten, dass es sich lohne, für den Endsieg, für Führer, Volk und Vaterland zu kämpfen.

Ein altersschwacher, kleiner Lastwagen kam auf ihn zu und nahm ihn mit. Statt mit Benzin oder Diesel wurde er von Holzkohle angetrieben. Auf seiner Ladefläche befand sich eine Art Heizkessel. Nach etwa vier Stunden bog Felix Baumann auf den Feldweg ein, der direkt auf das Gehöft seiner Eltern zuführte. Die Gebäude waren unversehrt.

Die Wiedersehensfreude war riesig. Den Eltern ging es den Umständen entsprechend gut. Felix Hauptinteresse galt dem Kleinen; ihm schien es an nichts zu fehlen, da die Ernährungssituation auf dem Land nicht so dramatisch war wie in den Städten.

Für Felix war sein kleiner Sohn die reine Freude. Und als er ihn anlächelte, liefen im Tränen der Rührung über die Wangen.

Für seinen Vater war es das Lächeln von Claudine, die er in diesem Moment so sehr vermisste.

Obwohl der kleine Uwe gerade ein halbes Jahr alt war, suchte Felix jede Möglichkeit, sich mit seinem Sohn zu beschäftigen. Auf dem Bauernhof interessierte den Kleinen alles, was sich bewegte und irgendwelche Geräusche von sich gab. Felix nahm seinen Sohn auf den Arm und spazierte täglich über den Hof und durch die Ställe. Er glaubte nach einer Weile, dass sich durch seine Beschäftigung mit seinem Kind eine Vater-Sohn-Beziehung entwickelt hatte.

Obwohl er wusste, dass Oma und Opa versuchten, Vater und Mutter des Kleinen zu ersetzen, fiel es ihm schwer, nach einer Woche zurück in den Krieg fahren zu müssen.

Für die Eltern war die Nachricht ein Trost, dass Felix wegen seines verwundeten Beines und des eingeschränkten Hörvermögens wohl nicht mehr nach *Lorient* zurückkehren musste. Doch endgültige Sicherheit war es nicht, noch war der Krieg nicht vorüber. Man konnte nicht sicher sein, was den Heeresleitungen noch alles einfallen würde, um den Verlauf des Krieges zu ihren Gunsten zu entscheiden. Aber in der Situation muss man sich an jeden Strohhalm klammern. Einiges war leichter zu ertragen, wenn man liebte und sich geliebt fühlte.

Enthüllungen

Das Leben ist leichter zu ertragen, wenn man liebt und sich geliebt fühlt, dachte Nicole, als sie das Redaktionsgebäude betrat und die glücklichen Stunden mit Lars in ihren Gedanken erneut durchlebte. Ein Strauß mit 25 roten Rosen schmückte ihren Schreibtisch und darin steckte ein Brief, der an sie adressiert war. Sie lächelte und ignorierte das Getuschel ihrer Kolleginnen und Kollegen. Nicole hatte nichts Eiligeres zu tun, als den Brief zu öffnen und zu lesen.

Ma chère amie,

es ist jetzt schon drei Tage her, dass wir uns gesehen haben. Ich vermisse dich, deine Sommersprossen, deinen Humor, deine Wärme, deine Küsse. Ich denke, dass ich altmodisch bin, denn auch im Zeitalter der elektronischen Medien halte ich das Schreiben eines Briefes für die angemessene Kommunikation unter Liebenden. Mein Studium hat mich schon wieder voll im Griff. Umso lieber erinnere ich mich an die kostbare Zeit mit dir in der Bretagne: 25 Rosen für 25 gemeinsame Tage und Nächte auf ‚unserer Insel'. Ich wünsche mir die Zeit zurück. Es hätten 100 Tage und Nächte sein können, es wären zu wenige gewesen. Ein Trost ist, nach vorne zu schauen in der Hoffnung, dass unsere gemeinsame Zeit noch kommen wird.

Übrigens habe ich meiner Mutter keine Details von unserer Begegnung mit dem Kellner erzählt. Sie hätte sich in ihr Auto gesetzt in der

Hoffnung, ihrem totgesagten Mann zu begegnen. Ich freue mich auf unser Wiedersehen in der nahen Zukunft. Ich hoffe, die Rosen trösten ein wenig über die Zeit hinweg.

Je t'embrasse tendrement

Lars

Der unerwartete Brief lenkte Nicole von ihrem beruflichen Aufgaben ab. Wie aus dem Nichts war Lars in ihr Leben getreten, sehr schnell hatte sie sich in ihn verliebt. Zu schnell? Sie musste ihre Gefühle sortieren. Es kam ihr vor, als würden sie sich schon seit Jahren kennen. Nie zuvor war ihr ein Mann so vertraut gewesen. Nie zuvor hatte sie sich jemandem so anvertrauen können. Es schien, als könne er in ihr lesen und ihre Gedanken erkennen. Jedem anderen Menschen hätte sie diese Offenheit als Indiskretion nicht gestattet. Bei Lars war es anders; die schätzte seine unaufdringliche Aufmerksam. Sie hatte das Gefühl, dass er ihre persönliche Freiheit dadurch in keiner Weise einschränken würde. Er ließ ihr zu jeder Zeit einen Raum für die Entfaltung ihrer Person und war zurückhaltend, wenn es geboten erschien. Mit einem Menschen wie Lars konnte sich Nicole eine Zukunft vorstellen. An ihm konnte sie sich festhalten, ohne sich in irgendeiner Form abhängig zu fühlen.

Durch die mittlerweile lauten Gespräche der Kolleginnen und Kollegen in der Redaktion wurde Nicole aus ihren Gedanken gerissen. Neben den beruflichen Belangen hatte Nicole vor, den unbeantworteten Fragen bezüglich der merkwürdigen Erscheinung von Uwe Baumann nachzugehen.

Sie hatte sich einen Plan zurechtgelegt, in dem sie ihren Beruf als Vorteil nutzte. Sie besaß als Journalistin einen Ausweis ihrer Redaktion. Ihn konnte sie vorlegen, wenn sie vorgab, einen Artikel über den Tourismus in *Larmor Plage* im Lokalteil ihrer Zeitung zu schreiben. Es würde ihre Glaubwürdigkeit unterstützen, wenn sie einige Interviews in Restaurants, Cafés und Bistros durchführen würde.

Am folgenden Wochenende setzte sie ihren Plan um. Es war ein Tag mit bretonischem Nieselregen, der erst gegen Mittag aufhörte. Ihr kam das sehr gelegen, da man dann in den Lokalen für sie Zeit hatte. Natürlich dienten die Befragungen in mehreren Lokalen als Tarnung und Alibi. Sie konzentrierte sich auf das Restaurant von l'Allemand, dem Doppelgänger.

Lars hatte ihr einige Fotos seines Vaters überlassen, die meisten stammten aus den Ferien, die er mit seinen Eltern verbracht hatte.

Neben den Angeboten, Spezialitäten, Speisekarten und Öffnungszeiten fragte Nicole auch nach dem Personal, ganz besonders in dem Restaurant, in dem der Doppelgänger arbeitete. Dort erfuhr sie seinen Namen:

„Monsieur Bruno Lamarque arbeitet nur in der Saison hier, wenn wir jede Kraft als Bedienung brauchen. Das ist vor allem zwischen Juni und September. Man schätzt ihn als Arbeitskraft, weil er neben Französisch eben auch Deutsch und ein wenig Englisch spricht und so den internationalen Gästen behilflich sein kann."

„Haben sie viele internationale Gäste?" wollte Nicole weiter wissen.

„Neben den Franzosen sind es vor allem Engländer, Holländer, Deutsche, auch manchmal Italiener oder Spanier, nach der Wiedervereinigung Deutschlands und der Öffnung der Grenzen haben wir sogar Besucher aus dem osteuropäischen Raum."

„Mit welchen Gästen gibt es Sprachprobleme?"

„Probleme gibt es nur, wenn es um die Speisen geht, die oft schwer zu übersetzen oder zu erklären sind. Engländer und die Menschen aus dem Osten tun sich da schwer."

Der gesprächige Restaurantbetreiber fügte hinzu, dass Bruno es liebte, sich vor allem mit den deutschen Gästen zu unterhalten, und dass diese seine Sprachkenntnisse dann auch lobten. Allerdings wollte man Näheres nicht preisgeben, da alles andere für die Zeitungsleser nicht wichtig war.

Da Bruno Lamarque erst zur Spätschicht arbeitete und bei der Befragung nicht anwesend war, konnte Nicole von ihm kein Foto machen.

Sie fuhr mit ihren Notizen und Fotos von den anderen Restaurants in die Redaktion zurück.

Es gab mehrere Adressen mit dem Namen Lamarque in *Lorient*, aber das Telefonbuch hatte keinen Eintrag zu Bruno Lamarque. Also versuchte es Nicole mit dem Autokennzeichen, denn sie hatte am nächsten Tag den Doppelgänger aus seinem alten Peugeot steigen sehen. Ein befreundeter Gendarm, der ihr noch einen Gefallen schuldig war, konnte eine Halternachfrage machen und über ihn erfuhr sie Bruno Lamarques Adresse in *Lorient*.

Am Abend rief Nicole Lars an und teilte ihm ihren Erfolg mit. Der eigentliche Grund jedoch war, seine Stimme zu hören. Deshalb sprachen die beiden auch länger als eine halbe Stunde miteinander. Beide wollten an einem baldigen Wiedersehen arbeiten. Als eine Möglichkeit bot sich für ein Wochenende die Mitte ihrer Entfernung voneinander an, und das war Paris. Den Zeitpunkt wollten sie beim nächsten Telefonat vereinbaren.

Nicole war durch ihre berufliche Tätigkeit daran gewöhnt zu recherchieren. Warten, Geduld und Zielstrebigkeit im Rahmen ihrer Nachforschungen waren die hauptsächlichen Tugenden, die in solchen Fällen von ihr gefordert waren. Immerhin boten diese Einsätze eine willkommene Abwechselung zu ihrer Schreibtischarbeit. Man wusste nie, was als Nächstes passieren würde.

Nicht weit entfernt vom *Parc Jules Ferry* in *Lorient* lag das Mehrfamilienhaus mit der Adresse von Bruno Lamarque, die sich Nicole auf einem Zettel notiert hatte. Sie parkte ihren Wagen auf der gegenüberliegenden Straßenseite und begab sich zum Hauseingang. Auf einem Schild der Klingelanlage stand C. + B. Lamarque. Offensichtlich teilte Bruno Lamarque seine Wohnung mit einer anderen Person. Hatte Birgit Recht, dass ihr totgesagter Mann hier unter einem anderen Namen mit einer anderen Frau ein neues Leben begonnen hatte? Nicole ging zurück zu ihrem Fahrzeug, wartete und überlegte, was sie als Nächstes tun könne. Unter irgendeinem Vorwand zu klingeln, schien ihr wenig erfolgreich. Sie musste den Hauseingang weiter beobachten.

Nach einer ganzen Weile – inzwischen hatten viele Personen das Haus durch diesen Eingang betreten oder verlassen – stand Bruno Lamarque vor der Tür, blickte die Straße auf und ab und ging schließlich Richtung Stadtzentrum. Nicole wollte sich zunächst ducken, um sich unsichtbar zu machen, weil er an ihrem Auto vorbeiging. Sie verwarf jedoch den Gedanken sofort, da sie sich ja nicht kannten, und sie sich nur verdächtig machen würde.

Sie folgte ihm auch nicht und blieb auf ihrem Beobachtungsposten. Nur etwa zwei Minuten später verließ eine hübsche, junge Frau das Gebäude und ging in die gleiche Richtung. War sie vielleicht C. Lamarque, die ihrem Liebhaber, Mann oder wem auch immer folgte? Nicole blickte ihr nach, bis die Frau um die nächste Straßenecke bog.

Nicole suchte gerade im Handschuhfach ihres Wagens nach ihrer Sonnenbrille, als eine ältere Frau aus der Eingangstür des beobachteten Hauses kam. Nicole hatte sie zunächst nicht bemerkt. Erst als sie durch das geöffnete Seitenfenster hörte, wie die Postbotin sie rief, zog sie ihre Aufmerksamkeit auf sich.

Diese ältere Frau wurde angesprochen mit „Madame Lamarque". Erstaunt und ein wenig erschrocken stieg Nicole aus ihrem Wagen und folgte der Frau, die gerade dabei war, die zugestellte Post in ihrer Handtasche zu verstauen. Sie ging in Richtung des *Parc Jules Ferry* und setzte sich auf eine der Bänke. Nicole blieb zunächst stehen, setzte ihre Sonnenbrille auf und schlenderte der Frau hinterher. Wenige Momente später saß sie neben ihr auf der Parkbank und versuchte, sie so unauffällig wie möglich zu beobachten. Nicole schätzte das Alter der Dame auf etwa siebzig bis achtzig Jahre. Sie machte einen rüstigen Eindruck. Wie konnte sie mit ihr ins Gespräch kommen?

Das Wetter! In der Bretagne ist das Wetter immer ein Thema, ob unter Seeleuten, bei Touristen oder eben bei der Bevölkerung allgemein. Und das Wetter ist etwas Unverbindliches und Unaufdringliches; damit konnte man niemanden in Verlegenheit bringen. Zustimmung oder Ablehnung zu einer gemachten Äußerung waren stets angebracht. So geschah es auch zwischen Nicole und ihrer Banknachbarin.

„Ein schöner Tag, nicht wahr."

„An so schönen Tagen komme ich oft in den Park. Dann fällt mir das Gehen leicht. In ihrem Alter denkt man noch nicht daran, dass man nicht mehr kann, wie man möchte."

„Fällt Ihnen das Laufen schwer?"

„Ja, wegen meiner Gelenkschmerzen", klagte die alte Dame, „besonders an Tagen mit *crachin*, dem Nieselregen, der alles durchdringt. Zur Zeit fühle ich mich bei dem beständigen Sommerwetter gut. Ich will mich nicht zu weit von Zuhause entfernen".

In einem Flüsterton mit vorgehaltener Hand sprach sie weiter: „Manchmal macht mein Kopf nicht mehr so recht mit. Ich verliere so schnell die Orientierung. Deshalb suche ich den Park auf, denn der liegt in der Nähe. Hier findet man immer ein Plätzchen auf einer Parkbank, und zur Not kann ich jemanden fragen, der mich nach Hause bringt."

„Haben sie niemanden, der sie hierher begleiten könnte?"

„Ich bin unverheiratet und habe mich schon lange an den Zustand der Selbstständigkeit gewöhnt. Ich bin dem Himmel dankbar, dass ich noch in der Lage bin, meinen erwachsenen Sohn zu versorgen, der bei mir wohnt und mir eine große Hilfe ist."

Sie bezeichnete sich und ihren Sohn als tolles Gespann, die ideal füreinander sorgten. Für Nicole war es eine Punktlandung. Das Gespräch hatte den Verlauf genommen, den sie beabsichtigte, und das, ohne künstlich auf das Thema ‚Bruno Larmarque' hinzusteuern.

Nicole dachte bei sich, dass ‚l'Allemand' dann doch wohl nicht der wiedergeborene Uwe Baumann sein würde, der sich abgesetzt hatte, um ein Doppelleben zu führen, – es sei denn, dass es noch ein weiteres Geheimnis um seine Existenz gab.

Nicole ließ die Katze aus dem Sack.

„Ich bin Journalistin und schreibe einen Artikel für die Zeitung über *Lorient* vor sechzig Jahren. Haben sie damals schon hier gelebt?" –

„Mein liebes Kind", antwortete Madame Lamarque, denn der Altersunterschied zwischen den beiden Frauen war offensichtlich, „ich bin hier geboren und werde voraussichtlich auch hier mein Leben beenden."

„Ja", fuhr sie fort, „*Lorient* ist im Gegensatz zu den Menschen nicht tot zu kriegen. Es steht immer wieder auf, selbst aus den dunklen Zeiten des Krieges, als so Vieles in Schutt und Asche lag, ist das geworden, was wir heute sehen. Heute tanzt, singt und vergnügt sich *Lorient*, im Winter hier auf diesem Platz mit dem *Fête Foraine*, im Sommer mit dem *Festival Interceltique*." Nach einer kleinen Pause fragte sie: „Haben sie das schon einmal erlebt?"

Da konnte Nicole nur zustimmen.

„Ich habe erst vor einem halben Jahr einen Artikel über das *Festival Interceltique* für meine Zeitung verfasst."

Die alte Dame ließ sich nicht von ihrer Erzählung abbringen und fuhr fort.

„Vieles hat der Krieg uns beigebracht. Ich habe trotz allem Elend so viel gelernt." Sie machte eine Pause und blickte stumm vor sich hin.

„Vor allem zu warten, mit so viel Geduld zu warten, auf bessere Zeiten und auf Menschen, mit denen ich mein Leben teilte - oder teilen wollte." Und wieder blieb sie still, und Nicole glaubte, Tränen in ihren Augen zu sehen.

Ihr Leben schien etwas Schicksalhaftes zu haben, von dem sich Nicole bisher kein Bild machen konnte.

Beide waren so sehr in das Gespräch vertieft, dass sie nicht bemerkten, wie sich jemand ihrer Bank genähert hatte: l'Allemand.

Er stellte sich kurz mit ‚Bruno Lamarque' vor. Dann bat er seine Mutter, mit ihm nach Hause zu kommen, aber nicht ohne ein entschuldigendes Wort an Nicole zu richten.

„Ich hoffe, meine Mutter hat sie nicht gelangweilt. Sie erzählt sehr viel, was nicht immer von Bedeutung ist, das meiste, was sie erzählt, können sie vergessen. Auf Wiedersehen." Er folgte seiner Mutter, die schon ein Stückchen vorausgegangen war.

Jetzt war es Nicole, die völlig perplex auf der Parkbank zurückblieb. Sie hatte Uwe Baumann vor einigen Jahren in Köln kennen gelernt. Und vor gerade einer Minute meinte sie, er hätte vor ihr gestanden. Aber war er ein so guter Schauspieler, dass es ihm gelang, ihre Bekanntschaft zu leugnen und so zu tun, als ob er sie nie gesehen hätte? Baute er einen Schutzschild um sich und seine Mutter auf? Und sie hatte sein Französisch gehört, das ohne fremden Akzent war, so weit sie das an den wenigen Sätzen feststellen konnte.

Leider hatte Uwe Baumann damals in Köln, wie sie sich erinnerte, bewusst kein Französisch gesprochen, weil Nicole ihn darum gebeten hatte. Sie hatte ja den Auslandsaufenthalt gewählt, weil sie dort ihre deutschen Sprachkenntnisse perfektionieren wollte. Während ihres Aufenthaltes lernte sie neben der

Erweiterung ihrer Fremdsprache den rheinischen Akzent kennen und lieben. Eine sichere Einschätzung der Französischkenntnisse von Uwe konnte sie sich deshalb nicht erlauben.

Auf jeden Fall musste sie Lars von ihrer erfolgreichen Suche auf der einen Seite und von ihrer Verwirrung auf der anderen Seite abends berichten.

Die Beichte

Zurück in Köln konnte Birgit Baumann das Informationsmaterial über die Tankerkatastrophe in der Bretagne in ihrer Redaktion abliefern. Dort wurde es unter ihrer Mitwirkung weiter bearbeitet. Mit ihrer Kollegin unterhielt sie sich über die Ferienerlebnisse in der Bretagne, ohne ihr gegenüber die Begegnung mit dem Doppelgänger zu erwähnen. Was zu einem familiären Problem werden konnte, ging niemanden etwas an. Dennoch war Birgits Interesse an einer raschen Aufklärung der Situation groß.

Am Wochenende suchte sie ihre Schwiegermutter im Altenheim auf. Dort erzählte sie ihr zunächst über die erfreulichen Seiten ihres Bretagneaufenthaltes.

Susanne Baumann war mit ihren 76 Jahren körperlich und geistig fit. Sie hörte aufmerksam zu und erzählte ihr, dass es immer der Wunsch ihres Mannes Felix war, dort noch einmal hinzureisen. Leider war es nie dazu gekommen, da er nach kurzer Krankheit vor zehn Jahren plötzlich verstorben war.

Birgit hatte nicht den Mut, ihr von dem Doppelgänger zu erzählen, da sie vermutete, dass ihre Schwiegermutter darunter leiden würde, von der möglichen ‚Wiedergeburt' ihres Sohnes zu erfahren. Birgit wurde bei dem Gespräch mit ihrer Schwiegermutter deutlich, dass die Bretagne für Uwes Vater eine besondere Bedeutung gehabt haben musste, und nicht nur, weil er im Krieg dort bei der U-Bootwaffe war. Das war ein Thema, an dem sie anknüpfen konnte.

Im Laufe des Gesprächs erfuhr sie, was bis dahin immer verschwiegen worden war: Uwe war nicht der leibliche Sohn ihrer Schwiegermutter.

„Uwes Vater Felix hatte eine Beziehung mit einer Französin während seiner Stationierung in *Lorient*", teilte Susanne ihrer Schwiegertochter mit, „und Uwe ist das Ergebnis dieser Beziehung. Während des Krieges ist er nach Deutschland gebracht worden, und wuchs bei seinen Großeltern in der Eifel auf. Felix damalige Freundin in der Bretagne, also Uwes leibliche Mutter, muss wohl bei einem Bombenangriff ums Leben gekommen sein. Er hatte bevor wir heirateten versucht, noch einmal nachzuforschen. Vergebens – denn niemand hatte je etwas wieder von seiner französischen Freundin gehört. Wir haben von da an über Felix Vergangenheit geschwiegen. Es irgend jemandem zu erzählen, hätte keinem genutzt. Uwe war unser Kind, und dabei sollte es bleiben."

„Hat Uwe je davon erfahren?"

„Vor etwa sechs Jahren fand er in einer Schublade, in der ich mit anderen Erinnerungsstücken meines Mannes aufbewahrt habe, auch einige Kriegsfotos seines Vaters. Ich gab ihm auch zwei Briefe, die Felix von einer – nun, den Namen habe ich vergessen – von einer Französin erhalten hatte. Er hat sie an sich genommen, da einige Passagen auf Französisch waren, und er sie übersetzen wollte. Ich habe anschließend nichts mehr davon gehört."

Für Birgit war dies eine Möglichkeit, die ihren Mann dazu hätte veranlassen können, nachzuforschen, welche Verbindungen sein Vater in den Westen Frankreichs hatte. Vielleicht ist er bei seinen Recherchen dazu inspiriert worden, Dinge zu unternehmen, von denen er seiner Frau – warum auch immer – nichts mitgeteilt hat.

Wenn es noch weitere Briefe und Fotos gab, so hoffte Birgit, war das eine Möglichkeit, mehr über die Verbindung ihres Schwiegervaters und Mannes mit Frankreich erfahren zu können.

„Gibt es noch Briefe oder Fotos von deinem Mann", fragte Birgit ihre Schwiegermutter.

„Ich werde nachsehen. Ich meine, da gibt es noch eine Tasche; aber die muss ich suchen."

Am nächsten Tag konnte Birgit eine Pappschachtel mit alten, unsortierten Fotos, mit Notizzetteln und zwei Briefen, adressiert an Felix Baumann mit nach Hause nehmen.

Neugierig öffnete sie die Schachtel und sortierte den Inhalt. Für sie war es eine virtuelle Reise sechzig Jahre zurück in die Vergangenheit und nach *Lorient* in die Bretagne.

Da waren Fotos von Marinesoldaten, zum Teil an Land in einer Umgebung, die sich bis heute vollkommen verändert hat. Interessant für Birgit waren die Bleistiftbeschriftungen auf den Rückseiten der Fotos: Namen von Personen wie Benno Sch., von Orten wie *Pont Aven, Lorient, Larmor Plage, Guidel, Port Louis* und *Keroman* und Fotos von einem U-Boot auf See, im Turm und unter Deck. Ein Foto zeigte vier Marinehelferinnen, allerdings ohne Rückseitenbeschriftung. Da war auch ein recht abgegriffenes, vergilbtes Foto von einem jungen Mädchen am Strand, allerdings aus einer Entfernung aufgenommen, so dass Birgit ihr Gesicht nicht deutlich erkennen konnte. Die Fotos hatten alle die damals üblichen gewellten Umrandungen, sozusagen als weiße Einrahmung.

Es lag auch ein abgerissener Zettel mit einer Adresse in der Schachtel, eine Anschrift in *Lorient*, von der Birgit nicht wusste, ob sie noch existierte. Aber diese Adresse teilte sie Nicole per SMS mit und bat sie darum, dort einmal nachzuforschen.

Birgit stöberte weiter in den alten Erinnerungen ihres Schwiegervaters und stieß auf die beiden Briefe. Es waren wohl die Briefe, die ihre Schwiegermutter im Besitz von Felix glaubte. Auf dem unfrankierten Couvert las sie ,Für F.', Absender ,C'. Der Umschlag war an der Seite geöffnet. Sie entfaltete das ebenfalls vergilbte Blatt, das an einer Seite eingerissen war.

Der Brief war von einer Frau, wie sie an der Handschrift erkennen konnte. Er war auf deutsch, allerdings mit einem Satzbau und mit einer Rechtschreibung, die auf eine französische Schreiberin schließen ließen.

Offensichtlich standen sich Felix und C., wie die Urheberin knapp unterzeichnet hatte, sehr nahe. Sie mussten sich gut gekannt haben, denn neben den Vertrautheiten beschrieb C. ihre Sehnsucht nach dem Wiedersehen, und wie schwer ihr das Warten fiel. Einige Zeilen machten deutlich, dass sich F. und C. eine gemeinsame Zukunft vorstellen konnten.

Es ging aus dem Brief hervor, dass Felix ihn wohl vor einer Feindfahrt erhalten hatte und ihn erst an Bord geöffnet hatte.

Während dieser erste Brief die leidenschaftliche Beziehung der beiden verriet, beschrieb der zweite Brief der jungen Frau einen dramatischeren Zustand. Die Vertrautheit war gewichen und hatte Unsicherheit Platz gemacht. Es war die Rede von Gefahr durch Luftangriffe, von Schutzsuche, von Bespitzelung durch die Résistance, von Toten in der Bevölkerung und von der Hoffnung auf ein baldiges Ende des Krieges. Die persönliche, innere Befindlichkeit war von den äußeren Lebensumständen verdrängt worden. Es schien, als sei kein Platz mehr für Zärtlichkeit, Gefühl, Zuneigung und Liebe. An deren Stelle war der Kampf uns Überleben getreten. Über Zukunftspläne las Birgit nichts mehr.

Wer war C.? Lebte sie noch? War sie Uwes leibliche Mutter? Lebte Uwe noch und war jetzt bei ihr?

Das waren Fragen, die Birgit aus der Ferne nicht beantworten konnte. Sie musste Nicole bitten, Licht ins Dunkel zu bringen. Nicole hatte mit Lars vereinbart, seine Mutter nicht mit dem jüngsten Stand ihrer Nachforschungen zu belasten. Nicole gab nicht alle ihre Ermittlungsergebnisse preis und teilte ihr nur das Nötigste mit. Andererseits nahm sie Birgits neue Erkenntnisse mit Interesse entgegen und versprach, alles Mögliche zu tun, um ihre Fragen zu beantworten.

Bezüglich der Adresse, die Birgit ihr mitgeteilt hatte, liefen Nicoles Nachforschungen ins Leere. Weder Haus oder Straße existierten noch in *Lorient*.

Die Stadt hatte während des Krieges ihre Tradition verloren. Sehr wenig erinnerte an die einstige Stadtgründung *An Orient* der Ostindienkompanie und an das Stadtbild am Anfang des 20. Jahrhunderts. Die Bomben der Alliierten hatten die Vergangenheit weitgehend ausgelöscht. Moderne Architektur prägte das heutige Stadtbild. Für Nicole war die Stadt das größte Einkaufs-, Wirtschafts- und Hafenzentrum der Südbretagne, ohne geschichtliche Attraktionen für Touristen zu bieten wie etwa *Concarneau* oder *St. Malo*, von der Zitadelle in Port Louis einmal abgesehen. Das einzig Geschichtsträchtige auf der rechten Seite des Scorff waren die unzerstörbaren Bunkeranlagen, das Mahnmal einer unrühmlichen Zeit.

Für Nicole gab es nur eine einzige Möglichkeit, eine Antwort auf die Fragen der Familie Baumann zu finden: sich auf den Doppelgänger und dessen Mutter zu konzentrieren. Das Verhalten des Sohnes von Madame Lamarque war merkwürdig und nährte Nicoles Neugier.

Er schien die Vergangenheit vernebeln zu wollen, indem er die Glaubwürdigkeit seiner Mutter herabsetzte. Nicole war sich sicher; ein weiteres Gespräch mit der alten Dame würde sie weiterbringen.

Erinnerungen

Nicole Fabre musste sich noch einmal mit Madame Lamarque treffen, und zwar ohne dass ihr Sohn Bruno dabei anwesend war. Es spielte zunächst keine Rolle, wer er tatsächlich war. Nicole erhoffte sich durch die Schilderungen von Bruno Lamarques Mutter eine Antwort auf ihre Fragen.

Wieder wartete sie in ihrem Wagen vor dem Haus der Lamarques. Es war Wochenende in der Hochsaison. Nicole hoffte darauf, dass Bruno Lamarque seiner Tätigkeit als Kellner nachgehen würde.

Eine Zeit lang hatte sie in Erwägung gezogen, Bruno Lamarque direkt anzusprechen.

Sie hatte beide Möglichkeiten bedacht, die sich aus einer direkten Ansprache ergeben würden. War er ein Doppelgänger, so würde die Gesprächssituation schnell ins Lächerliche entgleiten. War er Uwe Baumann und führte ein Doppelleben, konnte er jede Identität leugnen und anschließend untertauchen. Im Grunde war er Nicole Fabre gegenüber keine Rechenschaft schuldig. Nein – sie musste sich an seine Mutter wenden. In Bruno Lamarques Abwesenheit lag die größte Chance, die Hintergründe durch die Mutter zu erfahren.

Am Wochenende hatte sie freie Bahn und genügend Zeit, um mit Frau Lamarque zu sprechen.

Alles kam, wie sie sich erhoffte. Kurz nachdem Bruno Lamarque das Haus verlassen hatte, stand sie vor der Wohnungstür und klingelte. Madame Lamarque öffnete und Nicole brachte sich in Erinnerung als Journalistin, die einen Bericht über die Kriegszeit in Lorient zu schreiben beabsichtigte. Die alte Dame schien froh zu sein, jemanden zu haben, mit dem sie sich unterhalten konnte, und lud Nicole zu einer Tasse Kaffee ein. Das war für Nicole die geeignete Atmosphäre für ein tiefgehendes Gespräch mit Madame Lamarque.

Wegen ihrer beruflichen Tätigkeit fiel es Nicole leicht, das Gespräch auf das Leben der alten Dame in den 40er Jahren zu lenken, ohne aufdringlich zu wirken. Frau Lamarque erinnerte sich ohnehin an lange zurückliegende Zeiten besser als an die jüngste Vergangenheit.

Zunächst sah die alte Dame Nicole an, doch im Laufe ihrer Erinnerungen an die Kriegsjahre schweifte ihr Blick durch das offene Fenster nach draußen. Sie faltete ihre Hände und schien in Gedanken in jene Zeit zu verreisen. Es war, als sähe sie einen Film, den sie kommentierte. Nicole brauchte keine Fragen mehr zu stellen. Sie nahm die Rolle eines Zuhörers ein, der vollkommen passiv den Worten Madame Lamarques lauschte.

„Ich war damals noch so jung und hatte mein gesamtes Leben vor mir. Bald stellte ich fest, dass es Grenzen für meine ehrgeizigen Lebenspläne gab. Ein Teil Frankreichs und auch die Bretagne wurden von den Deutschen besetzt. Obwohl es hieß, dass Krieg war, haben wir zunächst nicht so viel davon gespürt. Gewiss, es waren plötzlich Fremde da, und man fühlte sich hier und da eingeschränkt. Anderer-

seits waren ich und viele meiner Freundinnen neugierig auf die fremden Eindringlinge. Unsere Eltern verboten den Kontakt mit den Besatzern. Aber das machte sie für uns nur noch interessanter. Sie schufen Arbeitsplätze und bezahlten gut. Damals wussten wir nicht, wohin alles führte. Es entstanden Befestigungsanlagen an den Küsten und schließlich die riesigen Bunkerkomplexe entlang des Scorff.

Hübsche junge Männer kamen nach Lorient, die mit ihren Uniformen auf uns Mädchen Eindruck machten. Ich arbeitete damals in einer Boulangerie und erinnere mich an so manchen Deutschen, der als Kunde in den Laden kam."

Madame Lamarque machte eine Pause. Ihre Aufmerksamkeit galt kurz der Gegenwart als sie fragte, ob Nicole noch eine Tasse Kaffee haben möchte. Sie wartete die Antwort gar nicht ab. Fast mechanisch schenkte sie ein. Offensichtlich weilte sie in Gedanken noch in ihrem vergangenen Leben.

„Eines Tages, ich glaube es war an einem Sommertag am Strand von Toulhars, sprach mich ein junger Deutscher Soldat an. Da er statt seiner Uniform nur eine Badehose trug, war er in dem Augenblick nur ein junger Mann, der mir gefiel und kein deutscher Soldat. Na ja, wie das so ist, wenn man sich jung und begehrt fühlt. – Er sprach mich an; er war nett, wir lachten gemeinsam, er konnte so schön erzählen, und ich mochte seine braunen Augen, die etwas Schelmisches hatten. Ich sehe sie noch heute vor mir. Nein, aufdringlich war er nicht. Er hatte Humor. Wir lachten so viel. Es war schön, wenn man in einer ernsten Zeit noch lachen konnte. Wir verabredeten uns nicht einmal. Damals wussten wir noch nicht, dass das Schicksal noch Einiges mit uns vor hatte.

Er hieß Felix, Felix Baumann, und er wohnte in der Nähe von Cologne. Er war Funker auf einem U-Boot. Aber das alles erfuhr ich, als wir uns zufällig wieder an derselben Stelle trafen. Ich muss zugeben, dass es nicht ganz zufällig war. Ich wollte ihn wiedersehen. Er hat mir gefallen. Und dass er auch wieder an den Strand von Toulhars kam, war auch nicht ganz zufällig."

Da war ein Strahlen auf Madame Lamarques Gesicht, als sie erzählte. Es war, als kämen die Worte wie ein Fluss aus ihrem Mund. Sie schien in Gedanken zurückversetzt an diesen Strand mit diesem jungen Mann und erlebte alles noch einmal. Nicole fragte sich, ob sie jemals einem Menschen in diesen Einzelheiten davon erzählt hat.

„Unsere Treffen wurden häufiger. Allerdings wurden sie auch schwieriger. Wir mussten aufpassen, dass man unsere Freundschaft nicht bemerkte. Felix durfte als deutscher Soldat keinen Kontakt zur französischen Bevölkerung haben, und ich wäre bestraft worden, wenn ich mit dem Feind kollaborierte, so hieß es damals.

Dann war Felix für einige Wochen, manchmal Monate mit dem U-Boot im Atlantik. Dann hatten wir keinen Kontakt, was die heimliche Beziehung unverdächtig machte. Als wir uns näher kamen, wurden diese Zwangspausen immer schmerzlicher und die Wiedersehensfreude umso größer. Aus der Freundschaft wurde Liebe. ---

Langweile ich Sie mit meiner Erzählung?"

Madame Lamarque befand sich plötzlich wieder in der Gegenwart.

„Keineswegs", antwortete Nicole, „ich finde ihre Geschichte sehr interessant, meinetwegen dürfen Sie stundenlang so weitererzählen. Ich finde, dass die Leser meiner Zeitung ein Anrecht darauf haben, zu erfahren, was die jungen Menschen damals fühlten und taten."

„Wenn ich ehrlich bin, dann reichen Stunden dafür nicht aus. Aber ich freue mich, so eine geduldige Zuhörerin zu haben", sagte Madame Lamarque und fuhr fort:

„Entschuldigen Sie, aber ich glaube, ich muss eine kleine Pause machen. Das Erzählen strengt mich mehr an, als ich gedacht habe."

Nicole wollte die alte Dame nicht überfordern und gab vor, ihre Zeit schon lange genug beansprucht zu haben. Doch Frau Lamarque schüttelte den Kopf. Sie wollte ihre Zuhörerin offenbar noch nicht gehen lassen.

„Liebes Kind. Die Tage sind in meinem Alter oft sehr lang. Ich freue mich über ihren Besuch. Sie dürfen gerne noch etwas bleiben."

Nicole willigte ein, denn sie war sehr gespannt auf die Fortsetzung der Geschichte.

„Gut", sagte sie, „eine halbe Stunde habe ich noch Zeit."

„Zeit ist ein Stichwort für mich, fortzufahren. Denn die Zeit von Felix und mir wurde immer kostbarer. Wir brauchten Zeit für uns, doch wir stellten immer mehr fest, dass wir unsere Zeit mit anderen teilen mussten - und nicht wollten.

Es fühlte sich an, als wäre draußen Krieg und Gewalt und in uns Liebe und Zärtlichkeit. Wir haben unsere Zeit trotz der einfachen

Verhältnisse in einem Versteck genossen und von einer gemeinsamen Zukunft in besseren Umständen geträumt. Für mich war es schlimm, wenn Felix wieder weg musste, und ich war unbeschreiblich glücklich, wenn ich ihn lebend und gesund wieder in die Arme schließen konnte. Die zwei Seiten unseres Lebens spiegelten sich auch in dem wieder, was geschah. Als um uns herum die Vernichtung durch Bombardements der Stadt zunahm und vieles in Schutt und Asche lag, gab es eine Hoffnung, dass unser gemeinsames Leben weiter gehen konnte."

Voller Gefühl waren ihre Worte, und Nicole sah, wie in den Augen ihres Gegenübers Tränen standen. Madame Lamarque nahm die Hände vor ihr Gesicht und schluckte. Dann wischte sie ihre Tränen ab und rang nach Fassung. Für Nicole war die Situation nicht angenehm.

„Sie haben mir so ausführlich aus Ihrer Vergangenheit erzählt; dafür möchte ich mich bei Ihnen bedanken. Ich denke, ich muss alles erst einmal verarbeiten. Wenn es Ihnen recht ist, möchte ich das Gespräch für heute beenden. Ich würde mich freuen, wenn ich Sie noch einmal besuchen und mich mit Ihnen unterhalten kann."

„Sie sind jederzeit willkommen", antwortete Madame Lamarque.

Nicole war im Begriff aufzustehen und sich zu verabschieden. Sie hatte nicht damit gerechnet, dass das ursprünglich so lebendige Gespräch einen solchen Verlauf nehmen würde.

Dann hörte sie, wie jemand die Wohnungstür aufschloss.

L'Allemand

Bruno Lamarque saß in seinem Stammlokal, einer alten *Bar Tabac* in *Keroman*.

Sie lag zwischen den U-Boot Bunkern und dem Fischereihafen. *Keroman* hatte sich teilweise den Reiz eines alten Hafenviertels bewahrt und trug die Spuren der Vergangenheit. Hier war vor mehr als fünfzig Jahren das hafennahe Rotlichtmilieu mit seinen halbseidenen Kneipen und Stundenhotels, in denen die deutschen U-Bootfahrer nach überlebter Feindfahrt ihre Heuer verprassten, weil sie nicht wussten, ob sie später noch Gelegenheit dazu hatten. Heute mischten sich Zulieferfirmen für Fischfang und Bootsbau mit alten Kneipen, Spielhallen und einigen kleinen Läden. Die mit Platanen bewachsene Hauptstraße hatte zweifellos bessere Zeiten gesehen. Aufgrund des nahen Fischereihafens atmete man ein Gemisch von Industrie, Fisch, Algen und Meer.

Bruno Lamarque hatte seinen Dienst als Kellner in dem Speiselokal an der Strandpromenade von *Larmor Plage* mit einem Kollegen getauscht. Er hatte nur noch einige Einkäufe zu tätigen und konnte daher eher zu Hause sein.

Vor einem halben Jahr arbeitete er noch tagsüber als Hilfskraft auf einem Fischtrawler und war tagelang oder nächtelang unterwegs. Doch seit dem Unglück der ERIKA war die Fangquote zurückgegangen, so dass der Ertrag den Fischer nicht mehr zufrieden stellen konnte. Die Beschäftigung von Lamarque war nicht mehr sicher. Deshalb hatte er einen Saisonjob als Kellner gesucht und fand diesen kurzfristig in einem Restaurant in *Larmor Plage*. Er teilte zwar sein Trinkgeld mit den übrigen Bediensteten des Restaurants, doch reich konnte er nicht werden, seinen geringen Lohn eingerechnet. Eigentlich war sein Leben schon immer wie eine Achterbahn gewesen. Er dachte, er würde ständig einen Berg hinauflaufen, ohne je den Gipfel zu erreichen.

Sorgenvoll dachte der 57 Jahre alte Bruno Lamarque an die Zukunft. Sein früheres Leben, das er mit einer Frau geteilt hatte, musste er wegen zahlreicher zwischenmenschlicher Schwierigkeiten aufgegeben und lebte seit einiger Zeit bei seiner Mutter, die eine Mietwohnung in der Stadt bewohnte, die aber aufgrund ihres Alters in letzter Zeit für eine Unterstützung dankbar war.

In seiner Freizeit besuchte er gerne sein Stammlokal in *Keroman*, wo er aufgrund seiner ehemaligen Beziehungen zu Deutschland „L'Allemand" genannt wurde. Er erzählte immer wieder, wenn die ersten Gläser Rotwein getrunken waren, von der Zeit des Austausches mit der Partnerstadt von *Lorient*. Als 25jähriger verbrachte er einige Monate in Ludwigshafen, das seit 1963 mit *Lorient* einen Partnerschaftsvertrag geschlossen hatte.

Inwiefern seine Geschichten der Wahrheit entsprachen, konnten seine Zuhörer nicht beurteilen. Oft belächelten sie seine Phantasien und winkten sie als Seemannsgarn ab. Sie glaubten ihm nicht, dass er mit dem Gedanken gespielt hatte, nach Deutschland auszuwandern, obwohl er mittlerweile einigermaßen gut deutsch sprach, und er sogar einen Job als Taxifahrer dort ausübte, der lukrativ war und ihm Spaß machte. Jedoch waren die Wurzeln der bretonischen Heimat und die Verbindung zu seiner Mutter so stark, dass er nach einem halben Jahr seinen Auslandsaufenthalt beendete. So sagte er jedenfalls. Allerdings ging aus seinen weiteren Erzählungen hervor, dass es ihn wieder nach Deutschland ziehen würde und es sich nur um eine Unterbrechung handele; denn – so erzählte er – er hatte die Bretagne noch einmal als 34jähriger für ein Jahr verlassen. In Deutschland verliebte er sich sogar. Erst als diese Beziehung zerbrach, kappte er endgültig die Verbindung und blieb fortan bei seiner Mutter.

Bruno beneidete die Gäste im Restaurant in *Larmor Plage*, vor allem die deutschen und auch englischen Urlauber, die meist in Ferienlaune waren und in der Lage, die schönsten Tage des Jahres zu genießen und sich alles das gönnten, wovon er träumte. Ich hätte auch Fahrer sein können und nicht nur ständig auf der Rückbank sitzen zu müssen, dachte er.

In seiner Kneipe traf er immer die gleichen Menschen an, die im Hafen arbeiteten oder sich ihr Geld in den Zuliefererbetrieben verdienten, zum größten Teil Saisonarbeiter, die sich, wie er, die freie Zeit bei Pastis oder einem oder mehreren *galopin* Rotwein vertrieben. Die Thekengespräche begannen oft mit der schlechten Auftragslage der Region und den damit verbundenen düsteren Berufsaussichten und endeten bei gesteigertem Alkoholkonsum in den Schwärmereien über die Vergangenheit und den Illusionen über ein Leben in einer sorgenfreien Zukunft.

Bruno Lamarque bestellte sich ein weiteres Glas Rotwein.

Zu seinen Kunden im Restaurant, in dem er als Kellner arbeitete, war er stets freundlich. Er rechnete mit dem oft großzügigen Trinkgeld, von dem er sich einige Extras leisten konnte. Er finanzierte beispielsweise sein Auto davon, um den Weg von seiner Wohnung zu seiner Arbeitsstätte zurückzulegen. Es war ein altes, aber zuverlässiges Gefährt.

Im Frühjahr hatte sich Bruno Lamarque einige Francs hinzuverdienen können, da er sich bei der Firma bewarb, welche die Folgeschäden des Schiffsuntergangs der ERIKA an einigen Küstenabschnitten beseitigte. Zwischen *Penmarch* und der *Ile Noirmoutier* hatten die schwarzen, klebrigen Ölteppiche Teile der Küste verschmutzt und bildeten eine ernste Gefahr für die Austernzucht, die Seevögel, für Fische und Menschen. Spezialgeräte wurden eingesetzt und hunderte Helfer benötigt. Bis zur Feriensaison mussten die Schäden wenigstens optisch beseitigt sein, da vor allem die Küstenregion vom Tourismus lebte.

Mit den *moules frites*, die so oft für ungefähr dreißig Francs in den Touristenrestaurants entlang der Küste angeboten wurden, konnte der Abendtisch seiner Mutter konkurrieren. Die ältere Generation verstand etwas von der Zubereitung, und Bruno genoss es, wenn seine 78jährige Mutter ihn zum Essen einlud. Der Tisch war gedeckt, es fehlte auch die Flasche Muscadet oder Cidre nicht. Bruno Lamarque war seiner Mutter dankbar. So weit es ihr möglich war, unterstützte er sie. Seine Mutter hatte ihm erzählt, dass sie nach der Vermisstenanzeige ihres Mannes und dem ständigen Bombardement von *Lorient* die Stadt verlassen hatte und nach *Auray* geflohen war. Dort hatte sie dann bis 1954 mit ihrem Sohn auf dem Bauernhof ihrer Cousine gelebt. An eine Rückkehr nach *Lorient* war damals wegen der Zerstörung der Stadt nicht zu denken. Seine Mutter hatte nie wieder geheiratet. Manchmal kam es Bruno vor, als ob sie von einigen älteren Leuten, die im gleichen Alter wie seine Mutter waren, sogar gemieden wurde. Die einzige, zu der seine Mutter Kontakt hatte, war Elsa, die sie seit ihrer Jugend kannte. Sie trafen sich gelegentlich, tranken zusammen Kaffee oder gingen gemeinsam einkaufen. Ansonsten lebte sie eher zurückgezogen. Bruno mochte keine zusätzlichen Fremdbestimmungen und mied Kontakte, welche die Alltagsroutinen seiner kleinen Welt aus dem Gleichgewicht brachten. Vielleicht war es der bretonische Dickschädel in ihm im Zusammenspiel mit seiner frühen Kindheit, wenn er Fremde misstrauisch als Eindringlinge betrachtete, vor allem, wenn sie seiner Familie zu nahe kamen.

Er fühlte sich wieder wie ein Kind, wenn er nach der Arbeit vor der dampfenden Portion Muscheln saß, und ihm seine Mutter aufmunternd *bon appétit* wünschte. Es war die heile Welt für ihn, die er „draußen" nie gefunden hatte. Er prostete seiner Mutter zu und stürzte das Glas Muscadet oder die Tasse Cidre in einem hinunter. Nach dem Essen las er gewöhnlich in einer Zeitung vom Vortag. So konnte er einen Blick auf die Welt werfen, ohne dass sie aufdringlich werden und in sein Zuhause eindringen konnte. Ihn ärgerte der Disput der beteiligten Firmen an der Ölkatastrophe, und wie sie sich gegenseitig die Schuld in die Schuhe schoben. Die leidenden Menschen und die geschädigte Natur kamen nicht zu Wort.

So hoffte er auch dieses Mal auf einen ungestörten Abend zu Hause und konnte nicht damit rechnen, dass seine Mutter Besuch hatte.

Als er die Wohnung betrat und Nicole und seine Mutter bei ihrem Gespräch unterbrach, reagierte er barsch.

„Ich meine, es ist Zeit, dass dein Besuch jetzt geht."

Nicole blieb freundlich, denn sie war länger geblieben als beabsichtigt. Sie stand auf, verabschiedete sich und verließ die Wohnung, ohne ihre Anwesenheit zu begründen. Es war das zweite Mal, dass Bruno Lamarque sich zwischen sie und seine Mutter stellte. Nicole fühlte sich unwohl, weil sie wiederholt bei einem offensichtlich unerwünschten Gespräch ‚erwischt' worden war. Aber Hartnäckigkeit war Teil ihres Berufes und deshalb nahm sie die Unfreundlichkeit von Bruno Lamarque nicht allzu persönlich.

Konfrontation

Nicole Fabre war zugleich stolz auf das Ergebnis ihrer Nachforschungen als auch enttäuscht über den plötzlichen Abbruch durch den Sohn von Claudine Lamarque. Sie musste Lars über die gewonnenen Erkenntnisse informieren.

„Ich bin stolz auf dich; offensichtlich hast du auf Frauen genauso eine positive Wirkung wie auf Männer", scherzte Lars am Telefon. „Kannst du nicht deinen Charme auch bei Bruno Lamarque wirken lassen?"

Aus der Distanz sah Lars den Kontakt mit dem Doppelgänger als einzige Möglichkeit, eine Klärung herbeizuführen.

Nicole sagte: „Er ist ein merkwürdiger Typ. Ganz anders als du. So verschlossen und unnahbar. Gerne hätte ich dich an meiner Seite, ich denke, dann ginge alles viel schneller und leichter."

Sie wusste, dass das nicht möglich war, und dachte über ihr weiteres Vorgehen nach.

Es regnete. Das war der bretonische Spätsommer. Die beständigen Schönwetterperioden wechselten mit Tagen, an denen man ‚keinen Hund vor die Tür schicken sollte'. Für wahre Bretonen war das kein Hindernis, ihren Alltagsgeschäften nachzugehen. Für Nicole bedeuteten solche Tage, dass sie sich ohne Bedauern ihrer Bürotätigkeit widmen konnte. Eigentlich war sie ein „Draußenmensch". Sie mochte den freien Himmel, die frische Luft und das Gefühl der Weite. Ihr Chef akzeptierte ihren Wunsch und verschaffte ihr nach Möglichkeit Aufträge, die sie vom Schreibtisch aus nicht erledigen musste.

Deshalb freute sie sich auf den Wetterwechsel, der sich am späten Nachmittag einstellte. Sie beschloss, nach *Larmor Plage* zu fahren, um ihre Pläne in die Tat umzusetzen.

Sie hatte Lars gebeten, ihr per Mail zwei Bilder seines verstorbenen Vaters zu schicken. Nicole hatte diese beiden Bilder im Laufe des Tages ausgedruckt und in ihre Tasche gepackt.

Sie begab sich in das Restaurant, wo Bruno Lamarque jetzt als Kellner die Gäste bediente. Sie hatte keine Hemmungen, sich trotz des beinahe Rausschmisses aus seiner Wohnung an einen Tisch zu setzen, den er bediente. Dort konnte sie ihn vielleicht überreden, sich mit ihr für ein paar Minuten zu unterhalten. Ihre Professionalität verhalf ihr, selbstsicher aufzutreten.

Sie hatte damit gerechnet, dass Bruno Lamarque sie wieder erkennen würde. Er ließ sich jedoch nichts anmerken, nahm die Bestellung auf und servierte, ohne Bezug auf die vorangegangene Begegnung zu nehmen.

Aufgrund des wechselhaften Wetters war das Restaurant nicht sehr besucht, was Nicole für ihr Vorhaben als Vorteil ansah.

Bevor sie nach geraumer Zeit die Rechnung verlangte, legte sie die beiden Farbfotos in DIN-A4-Format, die Lars ihr von seinem Vater geschickt hatte, auf den Tisch neben ihr Portemonnaie. Sie waren unübersehbar und zeigten Uwe Baumann im Garten und im Schnee während eines Winterurlaubs. Das Gesicht war deutlich zu erkennen.

Nicoles Herzschlag erhöhte sich, als sich der Kellner dem Tisch näherte. Sein Blick fiel auf die präsentierten Fotos. Er war offensichtlich überrascht und errötete. Dann drehte er die beiden Fotos in seine Blickrichtung und betrachtete sie, ohne seine Gefühle zu zeigen. Nicole beobachtete ihn eindringlich.

„Woher haben sie diese Fotos?" fragte er nach einer Pause.

„Es sind Fotos eines befreundeten Mannes aus Deutschland."

Schweigen.

Er sagte nach einer Weile: „Es gibt Zufälle, die man nicht verstehen muss."

„Aber vielleicht haben sie eine rationale Erklärung." Nicole legte herausfordernd ihre Visitenkarte mit Namen, Adresse und Telefonnummer auf die beiden Fotos.

Der verwirrte Doppelgänger nahm zunächst das Tellerchen mit der Zeche. Er wollte gerade gehen und hatte sich bereits abgewendet, dann drehte er sich noch einmal um, ergriff die Visitenkarte und verschwand wortlos.

Nicole hatte nichts anderes erwartet. Sie wusste ja über die scheue Reaktion dieses Mannes. Sie war mit dem Ergebnis zufrieden. Jetzt hieß es abwarten.

Es war schon nach Mitternacht, als Bruno Lamarque nach Hause kam. Seine Mutter schlief schon.

Am nächsten Tag erzählte er ihr von seinem Erlebnis. Offenbar schien die Nachricht die alte Dame sehr zu erregen, was die roten Flecken auf ihrem Dekolleté und ihr ernster Gesichtsausdruck bewiesen. Sie schien so sehr überfordert, dass ihr Sohn zunächst beruhigend auf sie einreden musste. Madame Lamarque hatte sich in einen Sessel fallen lassen und starrte vor sich hin. Sie war nicht in der Lage zu sprechen. Das Einzige, was sie immer wieder hervorbrachte waren ein paar zusammenhanglos geflüsterte Worte: „Nein ... Felix ... dein Vater ... Krieg".

Mit dieser Reaktion hatte ihr Sohn nicht gerechnet. Bisher war ihr Verhältnis so harmonisch, dass er glaubte, nichts Außergewöhnliches würde zwischen ihnen stehen. Welches Geheimnis steckte hinter diesen Fotos, das sich zwischen sie drängte? Brunos Mutter hatte ihm nie etwas von seinem leiblichen Vater erzählt. Da musste etwas sein, das mit seinem Vater zusammenhing und von dem seine Mutter Kenntnis hatte, und das sie sehr belastete. Es musste etwas in der Vergangenheit sein, von dem er keine Ahnung hatte.

Deshalb entschied er sich, die Sache zunächst auf sich beruhen zu lassen, und versuchte seine Mutter auf andere Gedanken zu bringen, indem er ihr anbot, mit ihr ans Meer zu fahren.

Nicole Fabre war es gelungen, das Identitätsproblem des Doppelgängers von Birgit Baumann auf Bruno Lamarque zu verlagern. Sie wertete das als einen Teilerfolg, denn sie hatte es noch nicht geschafft, eine Antwort auf die Frage zu finden, ob Uwe Baumann und Bruno Lamarque tatsächlich ein und dieselbe Person waren.

Aufgrund der Reaktion seiner Mutter hatte Bruno Lamarque große Zweifel, dass es sich nur um eine zufällige Ähnlichkeit handelte. Es kam ihm vor, als sei seine Identität erschüttert, als sei er ein Kind, das bei etwas Verbotenem entdeckt worden war. Um seine innere Balance wieder zu finden, musste er die Hintergründe erfahren und etwas unternehmen, und zwar ohne die Hilfe seiner Mutter.

Nicole informierte sowohl Lars als auch Birgit über den Stand ihrer Nachforschungen und versicherte beiden, dass ein Ergebnis in Aussicht schien.

Während ihrer Arbeitszeit in der Redaktion tätigte sie am Tag im Durchschnitt zehn bis fünfzehn Anrufe. So war es auch an diesem Tag.

„Nicole Fabre, Lokalredaktion *Quimperlé*, was kann ich für Sie tun?"

„Bruno Lamarque. Bonjour, Madame Fabre. Ich denke, dass es wichtig ist, wenn wir uns treffen würden. Ich möchte mich für mein abweisendes Verhalten entschuldigen. Das war sehr voreilig."

Nicole wusste nicht, welches Verhalten er meinte, das in seiner Wohnung oder das im Restaurant.

„Monsieur Lamarque, ich freue mich, dass Sie sich melden. Ich bin froh, dass Sie mich anrufen. Allerdings fände ich es gut, wenn Ihre Mutter bei unserem Gespräch dabei wäre."

„Gerade das ist mein Problem, Madame Fabre. Ich habe meiner Mutter von den Fotos erzählt. Daraufhin hat sie sich mir gegenüber verschlossen. Ich denke, dass sie sich bei Ihnen anders verhält und bei einem Gespräch von Frau zu Frau aufgeschlossener ist. Sie hat sich mir gegenüber sehr positiv geäußert, als sie von ihrem Besuch erzählte. Andererseits wollte sie nicht mit der Vergangenheit konfrontiert werden und war von der Existenz eines Menschen, der mir sehr ähnlich sieht, erschüttert. Ist es unverschämt, wenn ich Sie bitte, mit meiner Mutter zu sprechen und ..."

Nicole unterbrach ihren Gesprächspartner.

„Sehr gerne. Ich halte das für die beste Idee. Wann haben Sie Dienst? Wann kann ich Ihre Mutter besuchen?"

Bruno Lamarque war erleichtert, dass Nicole Fabre ihm so bereitwillig entgegen kam, teilte ihr einen Besuchstermin mit und bedankte sich für ihre Bereitschaft. Er wusste, dass sie allen Grund hatte, zurückhaltend zu reagieren. Etwas verlegen beendete er das Gespräch sehr knapp:

„Ich hoffe, Sie teilen mir das Ergebnis mit, au revoir."

Ein gesprächsbereiter Bruno Lamarque überraschte Nicole. Seine Kontaktaufnahme kam unerwartet und war gleichzeitig ein Beweis dafür, dass er sich in seiner Haut nicht wohl fühlte. Die Problemverlagerung schien Früchte zu tragen.

Kriegswirren

Nicole besuchte Frau Lamarque zum vereinbarten Zeitpunkt. Es war gut, sie alleine in ihrer Wohnung anzutreffen. Offenbar freute sich die alte Dame über den Besuch. Wegen des schönen Spätsommerwetters schlug Nicole vor, sie in eine Gaststätte einzuladen, um dort in einer ungezwungenen Atmosphäre ihr Gespräch fortzusetzen.

Nach einer kurzen Autofahrt saßen sie im schattigen Garten der Villa Margaret in *Kernevel* mit Blick auf die Marina, der Hafeneinfahrt und – in der Ferne – die U-Boot Bunker. Nicole hatte mit Absicht dieses Ambiente gewählt, um dem Einstieg in die Fortsetzung von Madame Lamarques Lebensgeschichte die entsprechende Kulisse zu geben.

Bei einem *grand café crème* begann Madame Lamarque tatsächlich ihre Reise in die Vergangenheit. Dabei zeigte sie auf die alten Villen am Ufer des Scorff und die fernen Bunker. Die alte Dame schien häufig alleine zu sein und deshalb jede Gelegenheit zu nutzen, sich jemandem mitzuteilen.

„Wenn die alten Gebäude erzählen könnten ... –

Von hier aus schickte man meinen Felix in den Krieg. Manchmal stand ich etwas entfernt von hier, denn das war alles Sperrgebiet für die französische Bevölkerung, und schaute dem ausfahrenden U-Boot nach. Meistens verließen die U-Boote jedoch im Schutz der Dunkelheit ihren Bunker und liefen aus, weil man Luftangriffe befürchtete. Dann wurde die Zeit bis zum Wiedersehen lang.

Als ich wusste, dass ich schwanger war, schien mir das Alleinsein unerträglich. Ich konnte mich niemandem anvertrauen. Ein Kind von einem Deutschen zu erwarten, kostete den Ruf oder gar das Leben einer Frau. Hätten die Deutschen davon gewusst, hätte es schwerwiegende Konsequenzen für den Vater meines Kindes gehabt.

Eine erhebliche Gefahr ging von meinem Vater und meinem Bruder Erwan aus. Sie waren Mitglieder in der Résistance und hegten eine stille Wut auf die Besatzer. Über Einzelheiten ihrer Aktivitäten erfuhr ich nie etwas. Jedoch entnahm ich ihren Äußerungen eine Unerbittlichkeit an der Grenze zum Fanatismus. Der im Untergrund organisierte Widerstand hatte seine eigenen Werte: Nationalismus, Tapferkeit und kollektive Solidarität. In diesem Geist, so glaube ich, hätte ihre Selbstgerechtigkeit auch auf Familienmitglieder keine Rücksicht genommen. Ich war in der Zeit vollkommen allein. Zum Glück waren sie selten zu Hause. Sie lebten mit Gleichgesinnten in kommunenähnlichen Verstecken im Landesinnern. Allerdings tauchten sie einzeln, selten gemeinsam, wie aus dem Nichts auf und verschwanden nach kurzer Zeit wieder. Vor ihnen musste ich unter allen Umständen meinen Zustand und meine Beziehung verbergen.

Sie müssen wissen, dass meine Mutter starb, als ich vierzehn war. Ich wuchs bei meinen Pflegeeltern auf, die Eigentümer der Boulangerie waren, in der ich arbeitete.

Die Bedrohung durch die zunehmenden Luftangriffe der alliierten Fliegerverbände, die eigentlich die U-Boot Basis zum Ziel hatten, traf die zivile Bevölkerung von Lorient schwer. Damals galt meine Sorge vor allem dem ungeborenen Kind."

Nicole, die bisher schweigend zugehört hatte, wollte wissen, ob es während dieser Zeit möglich war, Kontakt zu Felix Baumann zu haben.

„Das war schwierig. Ich konnte ihm einige Male einen Brief zustecken, den er heimlich mitnahm auf seine Einsatzfahrten im Atlantik. Aber das war immer mit der Gefahr verbunden, entdeckt zu werden. Wenn er von seinen Fahrten zurückkam, hatte er für mich ebenfalls Briefe, die er in den Stunden auf See, wenn er – wie er mir erzählte – oft gelangweilt in seiner Koje lag, geschrieben hatte. Auf der einen Seite freute ich mich über seine Briefe; er konnte so nett schreiben. Es waren sogar Gedichte dabei, die er für mich verfasst hatte.

Ecoute!

Unsere Leben sind wie kleine Züge

auf dem Weg zu einem gemeinsamen Ziel,

getrieben von Sehnsucht,

beladen mit Liebe.

Du kannst sie nicht aufhalten,

ihre Richtung nicht ändern.

Wir reisen auf Schienen,

die sich nicht voneinander trennen

und irgendwo am Horizont sich endlich treffen.

Er konnte so gut seine Gefühle in Worte fassen. Ich mochte seine Briefe. Auf der anderen Seite hatte ich nicht den Mut, sie zu behalten. Zu groß war die Gefahr, dass irgendjemand die Briefe fand und las. Sie müssen verstehen, dass es damals so gut wie keine Privatsphäre gab. Fast alles war offen und für jedermann erreichbar. Einen geordneten Tagesablauf konnte man nicht planen. Ich habe alles Schriftliche, nachdem ich es gelesen hatte, schweren Herzens vernichten müssen. Ich habe seine Briefe verbrannt."

Nicole hatte einen ihrer Briefe für Felix, den Birgit ihr als Mail geschickt hatte, in ihrer Tasche. Sie hatte aber nicht den Mut, ihn Frau Lamarque zu zeigen. Ihr Mitgefühl verbot es ihr, sie damit zu belasten. Die Vergangenheit so lebendig werden zu lassen, würde die alte Dame zu sehr belasten. Nicole beschloss, den Brief zurückzuhalten und weiter zuzuhören.

„Es war im Januar 1943, als mir meine Schwangerschaft Schwierigkeiten machte, und ich mich in ärztliche Behandlung begeben musste. Stellen Sie sich das aber unter Kriegsbedingungen vor! Einer befreundeten Angestellten in der Boulangerie hatte ich mich anvertraut, was meine Beziehung zu Felix betraf. Aber sie wusste nichts von meiner Schwangerschaft. Ab dem achten Monat begab ich mich in die Hände des älteren Arztes Dr. Camus, der auf mich wie ein Vater wirkte, und zu dem ich vollkommenes Vertrauen hatte.

Er verordnete mir Bettruhe, wenn ich mein Kind nicht verlieren wollte. Er bot an, mich in seinem geräumigen Haus unterzubringen, da er aufgrund der Umstände in der Stadt die Möglichkeit gehabt hatte, einige Räume als seine Praxis mit einer kleinen zusätzlichen Krankenstation einzurichten. So konnte ich auch meine Schwanger-

schaft, denn mittlerweile konnte ich sie kaum mehr verheimlichen, vor meinem Bruder und meinem Vater verstecken.

Knapp drei Wochen lang nahm mich Dr. Camus bei sich auf und versorgte mich mit allem Nötigen. Dr. Camus schien etwas von der verbotenen Vaterschaft zu ahnen; erst kurz vor der Geburt, als ich nicht wusste, ob ich sie überleben würde, erzählte ich ihm von Felix und bat ihn, sich um das Kind zu kümmern. Er sprach es nie aus, doch sein Kümmern um meine seelische Verfassung war genau so groß wie die Sorge um meinen körperlichen Zustand. Oft saß er auf der Bettkante und hielt meine Hand, als wäre ich seine eigene Tochter.

In der Nacht vom zweiten zum dritten Februar setzten die Wehen ein – zusammen mit den Sirenen, die vor einem bevorstehenden Luftangriff warnten. Mit meinem Bett wurde ich in einen Kellerraum des Hauses gebracht und verlor im Laufe des Luftangriffs mehrfach das Bewusstsein.

Während der letzten Minuten hatte sich der Gesichtsausdruck von Madame Lamarque verändert. Die Lebendigkeit, die Nicole während der gesamten Erzählung gespürt hatte, war verflogen. Ihr Gesicht wirkte plötzlich regungslos wie eine Maske. Dahinter verbarg sie ihre Gefühle. Zuerst schien es Nicole so, als durchlebte sie während ihrer lebendigen Erzählung die Vergangenheit noch einmal. Jetzt war es plötzlich so, als habe sie sich von dem, was gewesen ist, getrennt. Jetzt war sie Berichterstatter und sah von außen auf ihr Schicksal herab. Sie erlebte nicht mehr, sie berichtete so, als fiel ihr das Gesagte schwer. Sie war ausgestiegen, machte eine lange Pause, nahm keinen Blickkontakt mehr mit ihrem Gegenüber auf und atmete schwer. Musste sich Nicole um ihr Befinden Sorgen machen?

Als hätte die alte Dame Nicoles Gedanken gelesen, fuhr sie fort:

„Mir geht es gut. Sie brauchen sich keine Sorgen zu machen. In meinem Alter sieht man die Dinge, die passiert sind anders. Man kann im Rückblick Wichtiges von Unwichtigem trennen. Und man weiß, was Wahrheit und Täuschung ist.

Ich hatte ein ereignisreiches Leben mit Sonnenseiten und Schattenseiten. Mir wurde Einiges gegeben und Manches genommen. Wer den Schatten nicht kennt, der weiß das Licht nicht zu schätzen. Ich bin dankbar, dass mich Bruno nicht verlassen hat und sich um mich kümmert."

Madame Lamarque machte eine lange Pause und blickte in stiller Erinnerung versunken auf die Segelboote, die hinausfuhren, vorbei an der Zitadelle von Port Louis. Sie schien auf der Suche nach ihrer verlorenen Zeit.

Nicole wagte nicht, sie in ihren Gedanken zu stören. Ihre Erzählung hatte der alten Dame offensichtlich Energie geraubt. Es wäre töricht gewesen, sie in diesem Befinden auf Uwe Baumann anzusprechen oder ihr Bilder von ihm zu zeigen, um sie mit dem eigentlichen Ziel ihres Gesprächs zu konfrontieren. Nicole spürte so etwas wie Mitleid mit der alten Dame. Sollte sie das Gespräch beenden, sie nach Hause zurückzubringen und Kontakt mit Bruno Lamarque aufnehmen?

Dann plötzlich setzte Madame Lamarque ihre Erzählung fort.

„*Obwohl mein Kind recht schwach war, gab es mir Mut, dass das Leben weitergehen musste. Es war per Kaiserschnitt zur Welt gekommen. Mir ging es eine Weile sehr schlecht, ich war mehrere Tage in einer Art Wachkoma.*

Vielleicht waren es auch die Medikamente, die man mir verabreicht hatte. Ohne die Fürsorge von Docteur Camus und seiner Tochter Florence, die sich auch rührend um den Säugling kümmerten, hätte ich die schwere Zeit nach der Geburt nicht überlebt.

Obwohl ich noch bettlägerig war, konnte ich durch seine Beziehungen zu den Rettern der "Défense passive" mit meinem Kind Lorient verlassen. Damals wurde der größte Teil der Stadt evakuiert. Eine französische Begleitung wurde mir mitgegeben. Vor meinem Transport aufs Land in der Nähe von Auray gab ich der Tochter von Docteur Camus die Adresse meiner Kollegin Ginette, die sie auf ein Stück Papier notierte. Ginette hätte Felix weiterhelfen können, zu ihr würde er am ehesten Kontakt aufnehmen, ohne sich selbst in Gefahr zu bringen. Felix war bisher nicht von der Feindfahrt zurückgekommen. Ich wusste nicht einmal, ob er noch lebte. Man musste sich absichern, denn wegen der Bombenangriffe, der damit verbundenen Zerstörung und der absehbaren Evakuierung waren alle Kontaktaufnahmen fraglich. Es war offensichtlich, dass ich alleine aufgrund meiner körperlichen Verfassung und der Kriegswirren nicht in der Lage war, mit ihm Kontakt aufzunehmen. Ginette war meine einzige Hoffnung, und Docteur Camus wollte ich nicht in Gefahr bringen.

Ein ganzes Jahr hat es gedauert, bis sich eine Wende im Krieg abzeichnete. Mehr als die Hälfte von Lorient war zerstört und die deutsche Besatzung war im Kessel von Lorient eingeschlossen. Ob Felix noch lebte, konnte ich nie erfahren. Ich habe nie wieder von ihm gehört.

Erst im August 1945, damals war Bruno etwas älter als zwei Jahre, wurde die Bretagne befreit. Noch vier weitere Jahre blieb ich in Auray und kehrte dann erst mit Bruno nach Lorient zurück."

Nicole hatte mit Interesse zugehört. Sie wusste, dass es mittlerweile nur noch wenige Zeitzeugen gab, die diese schreckliche Zeit erlebt hatten und so lebendig darüber berichten konnten oder wollten. Sie bedankte sich bei Madame Lamarque und überraschte sie mit einem Blumenstrauß, den sie auf der Fahrt zurück in die Stadt kaufte, bevor Nicole sie zu Hause absetzte. Sie bedankte sich herzlich bei ihr und wünschte ihr und ihrem Sohn alles Gute.

Für Nicole war der Bericht wie eine lehrreiche Reise in das vorige Jahrhundert.

Das Gespräch mit Bruno Lamarque lag noch vor ihr.

Kenavo

Die lebhafte Erzählung der alten Dame hinterließ bei Nicole Fabre einen nachhaltigen Eindruck.

Für sie wuchs das persönliche Interesse an dem Ergebnis ihrer Untersuchungen; es war nicht mehr nur eine Hilfestellung für Birgit. Nicole wurde mit Emotionen konfrontiert, die sie nicht erwartet hatte. Die Schilderungen von Madame Lamarque versetzten sie intensiver in die Kriegsjahre als es ihr Geschichtsunterricht in der Schule je vermocht hatte.

Als sie am späten Nachmittag zurück in ihr Büro kam, waren die meisten Kolleginnen und Kollegen schon gegangen. Sie wollte sich noch eine Liste mit Namen anfertigen, dann Lars und Birgit anrufen, um über den Stand ihrer Ermittlungen zu berichten, und anschließend nach Hause fahren und abschalten.

Beim Anfertigen der Liste stutzte sie bei dem Namen ‚Camus'. Docteur Camus lebte sicherlich nicht mehr, aber möglicherweise seine Tochter. Ihr Vorname, so erinnerte sie sich, war Florence. Madame Lamarque hatte sie nur kurz beiläufig erwähnt. Nicole erinnerte sich.

Im Zeitalter des Internets lässt sich feststellen, ob es in der Region *Lorient* eine Florence Camus gibt, vorausgesetzt, die Gesuchte hat nicht durch Heirat ihren Namen geändert.

Sie reduzierte die Auswahl auf Personen aus *Lorient* und Umgebung mit dem Beruf *médecin*.

Sie ermittelte auch über die Telefonauskunft und hatte schließlich fünf Adressen, die für sie in Frage kamen, unter ihnen Florence Camus, médecin, rue Saint Exupéry, *Quimperlé*. Die übrigen Adressen schienen nicht so gewinnbringend zu sein.

Deshalb wollte sie am nächsten Tag, dem 20. September, mit Florence Camus beginnen.

Trotz des anstrengenden Tages rief sie zunächst Birgit Baumann an. Sie war hocherfreut zu hören, dass Birgit am 3. Oktober für eine Woche in die Bretagne kommen konnte, zumal Nicole ja noch kein Ergebnis bezüglich des Doppelgängers liefern konnte. Sie hatte die Möglichkeit, mit dem Zug anzureisen. Da sie bis *Quimperlé* fahren konnte und bisher keine Unterkunft hatte, bot Nicole Birgit die Übernachtungsmöglichkeit für die kurze Zeit in ihrem Gästezimmer an. Die Nachricht über Birgits Besuch war Grund für Nicole, den Besuch bei Florence Camus um eine Woche zu verschieben, um gemeinsam mit Birgit die Adresse zu besuchen.

Nicole hatte auch Zeit, mit Lars zu plaudern. Mit ihm konnte sie über ihre Nachforschungen detaillierter sprechen. Zudem hatten sie sich persönlich doch so viel zu sagen. Auch Lars kündigte ein baldiges Wiedersehen an, obwohl er terminlich immer noch keine genauen Angaben machen konnte. Aber er versicherte Nicole, dass er das Versprechen, das er ihr gegeben hatte, nämlich, sich auf der Hälfte des Weges in Paris zu treffen, bald wahr machen wollte.

Kurz vor Birgits Ankunft in *Quimperlé* hatte Nicole über ihre Beziehungen zum Einwohnermeldeamt erfahren, dass Florence Camus tatsächlich die Tochter des Docteur Camus war, der in den 40er und 50er Jahren in *Lorient* praktizierte. Im Einwohnermeldeamt teilte man ihr mit, dass es eine Straße in *Lorient* gab, die nach ihm benannt worden war aufgrund seiner selbstlosen Bemühungen und Verdienste um Patienten während des Zweiten Weltkrieges. Sowohl Birgit als auch Nicole waren gespannt auf das Gespräch mit Florence Camus.

Die Entwicklungen der Telekommunikation mit all ihren Verbesserungen waren den Vorzügen eines Gesprächs, bei dem man sich in die Augen sehen und jede Regung wahrnehmen kann, nicht gewachsen.

Trotz des telefonischen Kontakts hatten sich Nicole und Birgit viel zu erzählen.

Jetzt war auch Nicole bereit, Birgit über die Details ihrer Nachforschungen zu unterrichten.

„Obwohl wir noch kein befriedigendes Ergebnis bezüglich des Doppelgängers haben, finde ich es amüsant, dass *mein* Problem jetzt auch Bruno Lamarques Problem geworden ist", meinte Birgit.

Nicoles Bemühungen hatten zumindest dafür gesorgt, dass sich Bruno Lamarque auch in einem Zustand der Unsicherheit befand.

Und schließlich stand der Termin mit Florence Camus fest. Nicole hatte ihr mitgeteilt, dass es sich nicht um eine medizinische Konsultation handelte, sondern um eine eher private. Näheres wollte Nicole am Telefon nicht mit ihr besprechen. Die Ärztin schlug deshalb vor, die Frauen in ihrer Privatwohnung zu empfangen, da sie die Praxis an ihren Sohn übergeben hatte und nur noch gelegentlich ihren Beruf ausübte.

Florence war deutlich kleiner als Birgit und Nicole, stabil gebaut, graue, kurz geschnittene, dichte Haare. Sie musste etwa 70 Jahre alt sein, so schätzte Birgit.

Die Begrüßung war zunächst sehr zurückhaltend, vermutlich, weil Madame Camus noch nicht den Grund des Besuches kannte. Sie bot ihren Gästen einen Platz im Wohnzimmer des Hauses an. Nachdem sich die beiden Frauen vorgestellt hatten, übernahm Nicole die Gesprächsführung, die sich verständlicherweise auf Französisch vollzog.

„Es handelt sich um eine Kindsgeburt am 3. Februar 1943", begann Nicole.

„Da war ich gerade sechzehn Jahre alt", antwortete Florence Camus, um anzudeuten, dass sie nicht sicher war, ob sie sich an die Zeit erinnern konnte.

„Wie uns bekannt ist, haben sie in *Lorient* ihrem Vater in seiner Praxis geholfen und wenn nötig assistiert. Vielleicht erinnern Sie sich an eine junge Frau, ihr Name ist Claudine Lamarque, die damals in der Praxis Ihres Vaters einen Jungen zur Welt brachte."

„Claudine Lamarque?" wiederholte Madame Camus.

„Der Name sagt mir etwas – auch nach so vielen Jahren. Damals waren die Umstände durch den Krieg schwierig. Wir hatten viele Patienten, manchmal auch deutsche Soldaten, die mein Vater vorbehaltlos behandelte. Er war ein passionierter Arzt und wollte nur Leben retten, politische Hintergründe und Nationalitäten interessierten ihn nicht. Er behandelte Menschen. Er hatte sich dadurch bei der französischen Widerstandsbewegung nicht gerade beliebt gemacht."

Die Art und Weise, wie sie sprach, zeigte, dass sie auf das Verhalten ihres Vaters stolz war.

„Wegen der schlechten Bedingungen gab es natürlich auch Patienten, denen wir mit unseren Mitteln aufgrund ihres Zustandes kaum helfen konnten. Normalerweise zählten Geburten nicht dazu, wenn es keine Komplikationen gab. Sie müssen wissen, dass wir in unserem Haus einige Räume so eingerichtet hatten, dass es einem notdürftigen kleinen Krankenhaus glich. Ich meine, dass Frau Lamarque damals zu den Patienten gehörte, denen nicht so leicht geholfen werden konnte. Sie kam schon sehr früh in unsere Praxis, denn mein Vater hatte festgestellt, dass sie Zwillinge erwartete, und musste nach der Geburt auch noch längere Zeit bei uns bleiben."

Birgit und Nicole sahen Frau Camus mit großen erstaunten Augen an. Aufgrund ihrer bisherigen Erkenntnisse hatten sie mit einer Zwillingsgeburt nicht gerechnet.

„Jumeaux, vrais jumeaux", sagte Nicole und übersetzte für Birgit: „Eineiige Zwillinge."

Florence Camus war ebenfalls erstaunt über die Reaktion der beiden Frauen.

Nicole holte aus ihrer Tasche die Fotos von Uwe Baumann und zeigte sie Madame Camus. Es war Florence Camus anzumerken, dass auch sie überrascht war, als sie die Fotos von Uwe Baumann sah.

„Das ist einer der beiden Zwillinge nach 57 Jahren, der Mann von Birgit Baumann. Er starb bei einem Unfall vor fünf Jahren. Sein Bruder lebt hier in *Lorient*. Ihm ist Birgit Baumann zufällig begegnet. Noch heute gleichen sich die Zwillinge wie ein Ei dem anderen", erklärte Nicole.

Es war, als hätte jemand eine schwere Last von Birgits Schultern genommen. Sie entspannte sich und sank leicht in sich zusammen. Ihre Augen füllten sich mit Tränen. Sie wusste nicht, ob sie lachen oder weinen sollte. Diese Lösung war ihr die angenehmste von allen vorangegangenen Möglichkeiten, die sie sich vorgestellt und wie einen Albtraum vor sich aufgebaut hatte. Auch Nicole war aufgrund dieser Erklärung erleichtert. Viele Reaktionen, die sie während des Gesprächs mit Mutter und Sohn Lamarque beobachtet hatte, konnte sie jetzt begreifen.

„Sie werden verstehen, dass ich ihnen die Details aus Gründen der ärztlichen Schweigepflicht nicht geben kann. Ich bin schon bis an meine Grenze gegangen, da der Fall so lange her ist."

„Ich denke, sie haben mir und uns einen großen Gefallen erwiesen. Wir sind Ihnen sehr dankbar", sagte Birgit.

Frau Camus lächelte, denn sie hatte Birgits deutsche Äußerung verstanden. „Je vous en prie."_

Florence Camus stand auf, ging zu einem kleinen Tisch, nahm drei Gläser und bot ihren Gästen ein Glas Crémant an.

„Ich glaube, dass dies ein Grund zum Feiern ist. Yec'hed mat. – Prosit, Santé."

Die Gesprächsatmosphäre schien deutlich gelockert.

„Wie war es möglich", wollte Nicole wissen, „dass die beiden Brüder getrennt wurden? Ich sprach mit der Mutter, die zusammen mit einem der Zwillinge in *Lorient* lebt. Ich hatte den Eindruck, als verleugnete sie einen Zwilling. Sie sprach immer nur von ihrem Sohn."

Nach einer kleinen Pause, in der Florence Camus versuchte, ihre Gedanken zu sammeln und passende Worte zu finden, begann sie:

„Ich muss bei meinem Vater beginnen. Wie ich schon erwähnte, war er ein Arzt aus Leidenschaft. Dazu gehörte, dass er sich nicht nur auf die zu behandelnden Krankheitssymptome seiner Patienten konzentrierte, er suchte nach den Ursachen und den Hintergründen. Deshalb hatte er vor der Geburt der Zwillinge schon Kontakt mit Claudine Lamarque. Und er wusste über die Begleitumstände, warum die junge Schwangere ein Vertrauensverhältnis zu ihm aufgebaut hatte. Ich glaube, dass ich sogar ein bisschen eifersüchtig war, denn er kümmerte sich sehr um sie.

Nach der Geburt der beiden Jungen traf er eine Entscheidung, in die er mich zunächst nicht eingeweiht hatte. Er meinte, dass es in den damals unsicheren Zeiten Dinge gab, von denen ich besser nichts wüsste. Erst später, nach dem Abzug der deutschen Besatzung, hat er mir seine Beweggründe erklärt. Er hatte nämlich beschlossen, die Zwillinge zu trennen, und zwar ohne das Wissen der Mutter. Überhaupt wollte er die Mutter in ihrem kritischen Zustand gar nicht über eine Zwillingsgeburt unterrichten.

Ich kann bestätigen, dass die Mutter bis heute nicht weiß, dass sie Zwillinge geboren hat. Die Umstände der Geburt waren so dramatisch, dass die Mutter längere Zeit ohne Bewusstsein war, und auch danach musste sie in ärztlicher Obhut bleiben, in der mein Vater ihr nur ein einziges Kind in die Arme legte.

Wie gesagt, erfuhr ich viel später, dass der Vater der Zwillinge ein deutscher Soldat war. Aufgrund der gesundheitlichen Situation der Mutter, der Umstände in der zerstörten und noch immer bedrohten Stadt, der Ernährungssituation für Säuglinge, der Gefahr für die Mutter durch die Résistance – denn es handelte sich ja um einen 'Bastard', wie man damals zu sagen pflegte, – und nicht zuletzt das Wohlergehen der Mutter, die mit zwei kleinen Kindern ohne Unterstützung kaum hätte existieren können, hat mein Vater sich entschlossen, einen Weg zu suchen, der für alle Beteiligten die Möglichkeit zu überleben vergrößerte. Er wählte das schwächere der beiden Kinder aus, das sollte bei der Mutter bleiben.

Wenn man es vom moralischen Standpunkt her betrachtet, mag das ein zweifelhafter Schritt gewesen sein. Da ich in der damaligen Zeit gelebt habe und seine Beweggründe nachvollziehen kann, habe ich seinen Entschluss verstanden.

Ich habe in den Sachen von Claudine Lamarque die Adresse einer befreundeten Person gefunden. Nachdem mein Vater das Kind zu einer vertrauten deutschen Krankenschwester des Roten Kreuzes gebracht hatte, sah ich es als meine Pflicht an, vielleicht auch zur Beruhigung meines Gewissens, der Kollegin die Adresse der Krankenschwester zu überbringen, damit der Vater des Kindes nach seiner Rückkehr nach *Lorient* Kontakt mit ihr aufnehmen konnte."

Florence Camus machte eine Pause und blickte ihre Zuhörerinnen an. Offensichtlich wartete sie auf ein Zeichen des Verständnisses oder der Zustimmung.

Dann fügte sie hinzu: „Für meinen Vater kann ich nur um Verzeihung bitten. Er war Opfer seiner Zeit und seinem Beruf verpflichtet."

Birgit gab ihr durch Nicole zu verstehen, dass viele Menschen während des Krieges auf Schlachtfeldern, den Meeren, in Städten und Dörfern ihr Leben verloren haben.

„Deshalb ist es nur selbstverständlich, dass es gilt, Leben zu retten, wo immer es möglich ist. Sie können stolz auf Ihren Vater sein."

Nachdem sie sich von Florence Camus verabschiedet hatten, verließen Birgit und Nicole das Haus erleichtert und zufrieden mit der Lösung ihres Problems. Das bretonische Wetter hatte sich der Situation angepasst. Der Himmel war grau mit tief hängenden, dunklen Regenwolken, als die beiden Frauen das Haus betraten. Als sie es verließen, zeigte sich die Sonne und zur Hälfte war der Himmel blau.

„Um eine strahlende Sonne zu bekommen, müssen wir noch Mutter und Sohn Lamarque besuchen", scherzte Birgit.

Samstagvormittag rief Nicole auf Bruno Lamarques Handy an. Seit seinem Anruf hatte sie die Nummer gespeichert. Sie wurden sich schnell einig, dass ein Treffen ohne die Anwesenheit von Claudine Lamarque stattfinden musste.

Es war nicht sinnvoll, die alte Dame mit Dingen zu belasten, die ihr Leben im Alter auf den Kopf gestellt hätten. Nicole wollte Bruno Lamarque entscheiden lassen, ob er seine Mutter in die Lösung des Familienproblems einweihen könne und wolle.

Birgit, Nicole und Bruno Lamarque trafen sich im Garten der Villa Margaret in *Kernevel*, dort, wo sich Nicole bereits mit Claudine Lamarque unterhalten hatte.

Nicole präsentierte Bruno Lamarque das Foto erneut und teilte ihm mit, dass es sich bei Uwe Baumann nicht um einen Doppelgänger handele, sondern um seinen Zwillingsbruder.

Anfänglich war Bruno Lamarque ungläubig und bezweifelte die Tatsache, einen Zwillingsbruder zu haben. Erst als Nicole ihm die Umstände, die zu der verworrenen Familiensituation geführt hatten, erklärte, wurde er mehr und mehr einsichtig und verstand, was sich in den circa fünfzig Jahren abgespielt hatte.

„Vermeintlicher Zufall der Natur ist nicht der Doppelgänger, nein, Zufall oder Schicksal ist, dass ich dich traf, den Bruder meines Mannes in tausend Kilometer Entfernung", sagte Birgit vertrauensvoll ihrem Schwager. Er verstand, denn L'Allemand sprach ja ganz gut deutsch.

Bruno war neugierig, plötzlich über einen Menschen zu erfahren, zu dem er von Natur aus ein intimes Verhältnis haben müsste. Darum wollte er alles von Birgit erfahren, um seinen Bruder posthum kennen zu lernen.

„Uwe wuchs bei seinen Großeltern auf und verbrachte seine Kindheit in der Nordeifel. Nach dem Krieg heiratete euer Vater, nachdem die Suche nach Claudine Lamarque erfolglos geblieben war. Bis zu seinem Tode wusste Uwe nicht, dass er ein Sohn von Claudine Lamarque war. Er wusste ebenfalls nicht, wie wir alle, dass er einen Zwillingsbruder hatte. Der Krieg hatte eine seltsame Verstrickung der Schicksale produziert.

Ich heiratete Uwe, der Bauingenieur war und bis zu seiner Hochzeit bei eurem gemeinsamen Vater und seiner Frau Susanne lebte. Dein Bruder und ich haben einen gemeinsamen Sohn, den du möglicherweise im Lokal in *Larmor Plage* zusammen mit seiner Freundin Nicole Fabre gesehen haben könntest."

Bruno Lamarque bedauerte den Unfalltod seines Zwillingsbruders und war zufrieden, dass Uwe das Familienleben haben konnte, das er sich immer gewünscht hatte.

Und zum Abschied sagte Bruno, weil er als Bretone seine Verbundenheit mit Deutschland und der plötzlich erweiterten Familie ausdrücken wollte: „Kenavo. – Ich glaube, ich muss doch noch einmal nach Deutschland reisen."

Sie umarmten sich herzlich.

„Du bist jederzeit willkommen", antwortete Birgit.

Bonheur

Nicole stand mit ihrem Wagen auf einem Parkplatz am Gare du Nord in Paris und wartete auf den TGV aus Deutschland. Kurz vor der Ankunftszeit nahm sie auf dem Bahnsteig „ihren" deutschen Fahrgast in Empfang.

Mit kleinem Reisegepäck entstieg Lars dem Schnellzug und ging eilig auf Nicole zu. Er stellte seine Tasche ab, und sie schlossen sich stürmisch in die Arme. Nach der herzlichen Begrüßung verließen sie, die Arme um ihre Hüften geschlungen, den Bahnhof.

Lars hatte, wie versprochen, alles für einen romantischen Aufenthalt in der Stadt der Liebe für das Wochenende arrangiert.

Sie fuhren zum Hotel in *Saint Germain des Prés*, einem Stadtteil von Paris, das bekannt ist für seine Kunstgalerien, Geschäfte, Boutiquen, Restaurants und Bars in der Nähe des *Parc du Luxembourg*.

Nach der Besichtigung der angemieteten Räumlichkeiten hielt Nicole das Ambiente für etwas übertrieben.

„Kannst du dir das leisten?"

„Aus gegebenem Anlass habe ich eine entsprechende Umgebung ausgewählt. Lass dich überraschen."

Nicht nur das Hotel entsprach den beiden Liebenden mehr als erwartet, ebenso der reservierte Tisch und das vorzügliche Abendessen im hauseigenen Restaurant.

Nach dem Essen reichte Lars seinem Gegenüber einen Umschlag.

„Den musst du jetzt öffnen. Es ist ein Dankeschön für deine Bemühungen um die Familie Baumann."

‚Von Lars und Birgit' stand auf der Außenseite einer gefalteten Karte. Nicole war überrascht und verlegen zugleich.

Auf der Innenseite stand ein Stellenangebot des Kölner Stadtanzeigers für eine französische Journalistin namens Nicole Fabre, verhandelbar bis zum Jahresende.

Nicole war sprachlos.

„Ich hoffe, dass wir dich damit nicht überfahren haben. Es ist ein Angebot. Du hast Zeit, dich zu entscheiden."

Nicole sah Lars an, der ihr zulächelte und mit dem Kopf nickte.

Dann sagte er, um das Angebot noch zu unterstreichen:

„Wenn ich zum nächsten Semester meinen Studienplatz nach Köln verlege, können wir dort auch zusammen wohnen. – Was hältst du davon?"

„Ich mag Köln, ich mag dich, ich wünsche mir eine Chance in Deutschland. Meine Eltern leben in der Bretagne. Dort bin ich aufgewachsen. Ich würde einen Teil meines Lebens dort zurücklassen", resümierte Nicole. Es kam so viel so schnell auf sie zu.

Tief in ihrem Herzen hatte sie sich bereits entschieden.

Sie wollte in diesem Moment durch ihr Zögern die Stimmung nicht trüben. Sie wollte, dass weder die Vergangenheit sie festhielt, noch die Zukunft sie beunruhigte. Sie wollte die Gegenwart genießen. Deshalb sah sie Lars tief in die Augen sagte:

„Kneif mich, damit ich weiß, dass ich das nicht träume."

„D'accord, aber nicht hier und jetzt."

Lars begleitete Nicole für einen Kurztrip in die Bretagne, wo sie ihre Beschäftigung bei der Zeitung kündigte. In Köln hatte Nicole zuvor ihren neuen Arbeitsvertrag unterschrieben.

Der Winter in der Bretagne hatte die Touristen vertrieben. Lars kam es so vor, als wäre die Küstenregion in einen Winterschlaf gefallen. Fast alle Restaurants und Bars hatten geschlossen. Die Straßen waren menschenleer. Dennoch war die Bezeichnung "kalte Jahreszeit" nicht zutreffend. Es war relativ warm und die Luft war viel klarer und weit entfernt vom Schmuddelwetter des Rheinlandes. Die Kamelien standen in voller Blüte. Die Wellen brandeten unablässig gegen die felsige Küste, die Luft roch nach Salz und Meer; vielleicht war es jetzt etwas rauer. Der Franc war dem Euro geopfert worden. Einiges war anders und Vieles war gleich geblieben. Allerdings gehört der Charme der bretonischen Landschaft wohl zu den Dingen, die unvergänglich sind. Unveränderlich war der mit Sternen übersäte Nachthimmel. Durch die klare, kühle Meeresluft und die fehlende Beleuchtung schienen alle Himmelskörper wie in einem großen Planetarium zum Greifen nah.

Nicole und Lars standen im Dunkel am Rande des Meeres auf einer Klippe.

„Ich bin beeindruckt." Lars blickte hinauf in die unendliche Weite des Universums.

„Wenn ich bedenke, dass das Licht der Sterne, das uns im Moment erreicht, tausende und abertausende Lichtjahre zurückgelegt hat und älter ist als alles, was auf diesem Planeten existiert, komme ich mir winzig vor."

„Die Weite des Universums und des Meeres lassen uns demütig werden", sagte Nicole. „Wäre den Menschen bewusst, dass sie ein Teil dieser Unendlichkeit sind, dann würden sie ihr kurzes Leben schätzen, dann gäbe es keine Kriege und kein Elend. Dann wüsste man, dass das Leben ein kostbares Geschenk der Natur ist, das man behüten und pflegen muss."

Die Beiden fühlten sich in dem Augenblick einander näher als je zuvor. Sie standen am Ende der Welt, im Finistère, und erkannten angesichts der Unendlichkeit des Himmels und des vor ihnen liegenden Meeres, die ihnen in diesem Augenblick so nah erschienen, die Grenzen von Zeit und Raum. Gleichzeitig fühlten sie das Leben als kostbares Geschenk, das man pflegen und behüten muss. Sie spürten ihr gegenwärtiges Leben so intensiv wie nie zuvor, und ihnen war dennoch bewusst, dass es vergänglich war. Sie waren dem Schicksal dankbar, dass sie sich hatten und diese Situation und ihr Leben miteinander teilen konnten.

„Carpe diem", meinte Lars.

„Mets à profit le jour présent", übersetzte Nicole.

„Lass uns immer an diesen Augenblick erinnern, unser Hier und Jetzt nutzen und unseren gemeinsamen Lebensweg in Verantwortung gehen."

Die Ungewissheit der Gemeinsamkeit, die noch während ihres ersten Beisammenseins bestanden hatte, war wie weggewischt. Die Vergangenheit war wie das Kapitel eines Buches, das gelesen war und neugierig auf eine Fortsetzung gemacht hatte. Die Ereignisse, die vor Nicole und Lars lagen, ließen auf eine unbeschwerte Zukunft hoffen.

Wiedersehen in der Bretagne

Im Frühling hat die Bretagne schon frühsommerliche Temperaturen. Sie erwacht aus ihrem Winterschlaf. Viele Restaurants und Campingplätze öffnen.

Für Nicole musste noch Einiges erledigt werden. Lars begleitete sie, half ihr, die persönlichen Dinge zu regeln, und lernte bei dieser Gelegenheit Nicoles Eltern kennen. Sie blieben ein paar Tage dort.

„Hast du Lust, mit mir segeln zu gehen?" Lars schaute Nicole verdutzt an.

„Machst du Scherze?"

„Eine Freundin hat ein kleines Segelboot in der Marina von *Kernevel*, das sie mir am Samstag leihen würde. Sie hat es während der Wintermonate überholt. Ein Anruf genügt. Hier sind die Schlüssel."

Nicole winkte mit einem kleinen Schlüsselbund und einer roten, gedrehten Sicherungsleine für den Außenbordmotor.

„Eine tolle Idee, du überraschst mich jeden Tag aufs Neue", sagte Lars, „ich segele seit meinem achtzehnten Lebensjahr. Nur mein Studium lässt mir wenig Zeit dazu."

Zwei Stunden später fuhren die beiden zum Yachthafen in *Kernevel.*

Das Boot war gerade groß genug und schien in einem guten Zustand zu sein.

„Ich bin nur einige Male auf dem Chiemsee gesegelt, der Atlantik ist eine Herausforderung für mich."

Obwohl Lars in dieser Hinsicht Neuland betrat, waren die beiden nach wenigen Minuten eine eingespielte Crew, wie sich beim Anschlagen der Segel, beim Zurechtlegen der Schoten und beim Entfernen der Fender zeigte.

Nach kurzer Zeit befanden sie sich auf der Höhe der Zitadelle von *Port Louis* und steuerten Westkurs, den roten und grünen Seezeichen folgend.

Segeln war die Entspannung, die beide brauchten. Für Nicole und Lars war es nötig, sich vom Wind treiben zu lassen. Als sie die Leinen losmachten, kam es ihnen vor, als hätten sie sich von den Problemen gelöst, die sich während der letzten Wochen an Land entwickelt hatten.

Jetzt störte ihr Glück nichts mehr.

Sie ließen Mutter und Sohn Lamarque und die restlichen Umzugskartons, die noch in Nicoles Wohnung standen, hinter sich.

Das leise Plätschern der Wellen, wenn der Bug das Wasser durchschnitt, das Geschrei einer Möwe, die sich über ihrem Boot im Wind bewegte, war eine Welt, die beiden im Augenblick ihrer Zweisamkeit genügte. Lars saß an der Pinne, Nicole lag mit angezogenen Beinen in der Plicht, ihren Kopf auf Lars Schoß.

„Halt die Zeit an", sagte Lars.

„Die Zeit steht still, schau, ich habe keine Uhr."

„Urlaub im Urlaub", philosophierte Lars, „das ist doppelte Verstärkung, mit dir zusammen alleine im Boot ist es das Maximum."

Die Westpassage führte sie hinaus. Lars hatte den Kurs Richtung *Ile de Groix* eingeschlagen, um anschließend entlang der Nordküste nach Osten zu segeln. Der leichte Nordwestwind machte diese Manöver möglich.

Über die Südpassage konnten sie dann zurück nach *Kernevel* segeln.

Plötzlich tauchten Delphine vor ihrem Bug auf.

„Schau, an Steuerbord vor uns", rief der erstaunte Lars.

„Delphine!"

Er hatte nicht erwartet, sie hier so nahe der Küste anzutreffen.

Nicole war aufgeregt. „Sie kommen näher, offenbar halten sie unseren Rumpf für einen Artgenossen, mit dem sie spielen wollen."

Die Delphine tauchten unter dem Boot hindurch. Als sie in der Nähe wieder auftauchten, konnte man deutlich ihr Atemgeräusch hören.

Nicole hatte Lars während ihres Törns über den Gezeitenunterschied informiert, der zu beachtlichen Strömungen führen kann.

„Wir haben Glück", sagte sie zu Lars, „dass wir mit dem Ebbstrom auslaufen konnten und jetzt mit der Flut wieder zurückkehren."

Auf der Fahrt zurück in den Hafen steuerte Nicole, während Lars die Segel herunternahm und den Motor startete.

Zurück in der Box blickten beide auf angenehme Stunden ‚auf See' zurück und waren beide der Meinung:

„Das könnte unser Hobby werden."

Auf ihrem Weg zum Auto sagte Lars: „Ich hätte gerne meine leibliche Großmutter kennen gelernt."

„Ich hab' da eine Idee." Sie fuhr in die Innenstadt von *Lorient* zum *Parc Jules Ferry*.

Sie spazierten zu der Bank, auf der sich Nicole mit Claudine Lamarque unterhalten hatte.

„Wenn du deine Großmutter sehen willst, ich stelle sie dir vor."

Eine ältere Dame, die eine Tüte in der Hand hielt und ab und zu einige Brotstückchen auf eine Wiese warf, um die Vögel zu füttern, saß auf einer Parkbank.

„Bonjour, Madame Larmarque", begrüßte Nicole die Frau mit den üblichen Wangenküsschen, indem sie sich zu ihr runterbeugte, „bleiben Sie sitzen."

„Bonjour, Nicole. – Monsieur."

„Bonjour, Madame." Lars reichte ihr seine Hand.

Nicole und Lars blieben stehen. Sie wollten signalisieren, dass sie zufällig ‚vorbei' kamen und nicht beabsichtigten zu stören.

Mit der Frage „Wie geht es Ihnen?" übernahm Nicole das Gespräch.

„Jetzt geht es wieder", antwortete Madame Lamarque.

„Jetzt kann ich wieder meinen Spaziergang in den Park auf meine Bank machen und die warmen Tage genießen. Die Vögel kennen mich schon und warten auf mich."

Sie warf wieder ein paar Brotstücke auf die Rasenfläche.

„Darf ich Ihnen meinen Freund Lars vorstellen; wir haben uns vor zehn Monaten hier in der Bretagne näher kennen gelernt. – Es war Liebe auf den ersten Blick."

„Wie schön! Das kenne ich", sagte Madame Lamarque, „ich wünsche euch beiden viel Glück, die Welt liegt euch zu Füßen."

Nicole konnte Madame Lamarques Gedanken verstehen.

„Wir wollen heiraten. Ich gehe mit Lars nach Deutschland."

„Deutschland…", wiederholte Madame Lamarque in Gedanken versunken und fügte nach einer kleinen Pause hinzu: „Wir Lamarques haben nicht so viel Glück mit der Ehe."

Plötzlich zeigte sie auf Lars: „Ist er Soldat?"

„Nein, er ist Student. Er studiert in München."

„Das ist gut, sehr gut", sagte sie und seufzte erleichtert.

Lars konnte sich im Gegensatz zu Nicole nicht erklären, warum Frau Lamarque diese Frage gestellt hatte und über die Antwort so beruhigt war.

„Wir wünschen Ihnen alles Gute", sagte Nicole, „au revoir."

„Au revoir, mein Kind. Au revoir, Monsieur Lars."

Nicole war froh, dass sie nicht nach Lars vollem Namen gefragt hatte. Sie nahm Lars bei der Hand, und beide spazierten weiter.

Madame Lamarque sah ihnen nach und sagte still vor sich hin: „Er hat die gleichen anziehenden braunen Augen wie mein Felix."

Nach einigen Tagen waren Nicole und Lars wieder auf dem Weg von *Quimperlé* nach Köln. Auf dem Rücksitz und im Kofferraum war der Rest von Nicoles Hausstand.

„Ich bin mir sicher, dass Sehnsüchte und Träume vererbbar sind", sagte Lars.

„Wieso bist du dir sicher?"

„Wovon mein Großvater und seine bretonische Freundin träumten, wonach sie sich sehnten, und was der Krieg ihnen verwehrte, können wir leben. Mein Großvater verlor seine große Liebe in der Bretagne; ich habe sie gefunden."

Nicole lehnte ihren Kopf an seine Schulter.

„Und ich bin glücklich, dass wir uns haben – hoffentlich noch sehr, sehr lange. Dein Großvater wäre damit einverstanden", sagte sie.

Das Schild an der Autobahn kurz vor *Avranches* deutete an, dass sie sich an der Grenze der Bretagne zur Normandie befanden. Beide wussten, dass es kein Abschied für immer sein würde.

„Kenavo", sagte Lars. „Ar wech all", ergänzte Nicole.

Anhang

Zwar sind die Handlung und die Personen des Romans frei erfunden, aber die Orte, an denen das Geschehen stattfindet, gibt es wirklich. Hier sind Adressen für Interessenten, um sich über weitere Details der im Roman erwähnten Örtlichkeiten zu informieren:

Clohars Carnoet
www.clohars-carnoet.fr

Lorient
www.lorient.fr

Cité de la voile Eric Tabarly
www.citevoile-tabarly.com

U-Boot Museum Lorient
www.uboat-bases.com/en/Lorient

Restaurant «Hotel du Pouldu»
www.hotel-du-pouldu.com
02 98 399 066

Restaurant «La Pigoulière»
www.restaurant-traiteur-pigouliere.fr
02 98 399 269

Café «Couleur»
www.couleurcafe-larmor.com
(Larmor Plage)
02 97 654 489

Pont Aven
www.pontaven.com

«Moulin Rosmadec»
 www.moulinderosmadec.com
(Pont Aven)
02 98 060 022

«Les Terrasses de la Potinière»
http://www.lapotiniere-larmor.fr
(Larmor Plage)
02 97 655 032

«Café Ster Laita»
74 rue du port
29360 CLOHARS CARNOET (Le Pouldu)
02 98 399 498

«Le Suroit»
Quaie de Kernabat
29360 CLOHARS CARNOET (Doelan)
02 98 714 920

Danksagung

Zunächst bedanke ich mich bei meiner Tochter, die mich beim Korrekturlesen und dem Feinschliff mancher Passagen unterstützte und als Bretagne-Kennerin mir nützliche Verbesserungsvorschläge machte. Weiterhin gilt mein Dank Monsieur Pierre Sommet. Durch seine amüsanten Wortgeschichten über „Madame Baguette und Monsieur Filou", in denen es ihm als Deutsch-Franzose auf unterhaltsame Weise gelungen ist, das Sprachlich-Etymologische mit dem Historischen und dem Geographisch-Kulturellen zu verknüpfen, wurde ich auf ihn aufmerksam. Er nahm sich die Zeit, mein Buch zu lesen, gab mir hilfreiche Tipps bezüglich der formalen und inhaltlichen Buchgestaltung und half mir mit seinen Ideen zur Publikation und bei der Auswahl des Verlags.

www.tredition.de

Über tredition

Der tredition Verlag wurde 2006 in Hamburg gegründet. Seitdem hat tredition Hunderte von Büchern veröffentlicht. Autoren können in wenigen leichten Schritten print-Books, e-Books und audio-Books publizieren. Der Verlag hat das Ziel, die beste und fairste Veröffentlichungsmöglichkeit für Autoren zu bieten.

tredition wurde mit der Erkenntnis gegründet, dass nur etwa jedes 200. bei Verlagen eingereichte Manuskript veröffentlicht wird. Dabei hat jedes Buch seinen Markt, also seine Leser. tredition sorgt dafür, dass für jedes Buch die Leserschaft auch erreicht wird

Autoren können das einzigartige Literatur-Netzwerk von tredition nutzen. Hier bieten zahlreiche Literatur-Partner (das sind Lektoren, Übersetzer, Hörbuchsprecher und Illustratoren) ihre Dienstleistung an, um Manuskripte zu verbessern oder die Vielfalt zu erhöhen. Autoren vereinbaren unabhängig von tredition mit Literatur-Partnern die Konditionen ihrer Zusammenarbeit und können gemeinsam am Erfolg des Buches partizipieren.

Das gesamte Verlagsprogramm von tredition ist bei allen stationären Buchhandlungen und Online-Buchhändlern wie z. B. Amazon erhältlich. e-Books stehen bei den führenden Online-Portalen (z. B. iBook-Store von Apple) zum Verkauf.

Seit 2009 bietet tredition sein Verlagskonzept auch als sogenanntes "White-Label" an. Das bedeutet, dass andere Personen oder Institutionen risikofrei und unkompliziert selbst zum Herausgeber von Büchern und Buchreihen unter eigener Marke werden können.

Mittlerweile zählen zahlreiche renommierte Unternehmen, Zeitschriften-, Zeitungs- und Buchverlage, Universitäten, Forschungseinrichtungen, Unternehmensberatungen zu den Kunden von tredition. Unter www.tredition-corporate.de bietet tredition vielfältige weitere Verlagsleistungen speziell für Geschäftskunden an.

tredition wurde mit mehreren Innovationspreisen ausgezeichnet, u. a. Webfuture Award und Innovationspreis der Buch-Digitale.

tredition ist Mitglied im Börsenverein des Deutschen Buchhandels.

FSC
www.fsc.org
MIX
Papier | Fördert
gute Waldnutzung
FSC® C083411

Zeitfracht Medien GmbH
Ferdinand-Jühlke-Straße 7
99095 Erfurt, Deutschland
produktsicherheit@kolibri360.de